JN125673

八月の御所グラウンド

万城目　学

文藝春秋

目次

十二月の都大路上下（カケ）ル　5

八月の御所グラウンド　61

装画　石居麻耶
装丁　池田デザイン室

八月の御所グラウンド

十二月の都大路上下（カケ）ル

はじめて京都でいただく夕食なのだから、何て言うのかな、日本料理っぽい？　京都っぽい？　そういうみやびやかなものが出てくるかも、と期待していた。

でも、旅館の食堂のテーブルに並んだ料理は、白身魚フライに味噌汁、サラダ、ごはん、漬物というういわゆる定食屋さんと変わらぬメニューで、ちょっとがっかりきていると、隣のテーブルに座っていた柚那（ゆずな）キャプテンが立ち上がり、

「いよいよ、明日が本番です。もう緊張している人がいるかもしれないけど、たくさん食べて、いっぱい寝て、万全の体調で挑みましょう」

と明らかに誰よりも緊張している表情で告げてから、「いただきます」と音頭を取った。

「いただきまーす」

残る十人の部員が続き、それからはいつもの和気あいあいの食事タイムが始まった。午

前中から京都のあちこちを移動し、腹ペコになっていた私は、一枚目の白身魚フライをあっという間に平らげた。

ちなみに現在、私の辞書に「緊張」の二文字はない。

なぜなら、私は補欠だから。

ウソ。もちろん多少の緊張はある。何しろ、私たちの高校は実に二十七年ぶりに都大路を走る切符――、すなわち女子全国高校駅伝のエントリー権を獲得した。駅伝を志す高校生たちにとって、野球における甲子園と同じ存在感を持つ、超ビッグな大会である。わざわざ、全校生徒を集めた壮行会まで体育館で開いてもらってから、意気揚々、京都に乗りこんできたのだ。

ただし、明日の本番を走るのは三年生と二年生のレギュラーメンバーの五人。私たち一年生は全員がスタジアムやコースの途中に散らばって、センパイたちの応援に回る予定だ。ゆえに、第一走者である柚那センパイと同じ緊張を共有できないのが、もどかしくもあり、一方で走るプレッシャーとは無縁であることにどこか安心している自分もいる。さらに、それに対する罪悪感めいたものも混ざってくるから、お気楽な一年生なりになかなか複雑なのだ。

「本番で走る人も、走らない人も、みんなでいっしょに戦う。それが、駅伝だから」

陸上部の顧問である「鉄のヒシコ」こと、菱夕子(ひしゆうこ)先生はことあるごとにそう言うけれど、実際に走るセンパイたちとは、求められる覚悟にも雲泥の差があるよなあ――。なんてことを考えつつ、二枚目の白身魚フライに齧(かじ)りついていると、その菱先生から「坂東(さかとう)」という鋭い声が飛んできて、

「は、はいッ」

とびっくりして顔を上げた。

「食べ終わったら、私の部屋に来て。部屋の名前は――、『山茶花(さざんか)』。三階だから」

部屋の鍵からぶら下がった木の札を確認しながら、菱先生が席から立ち上がるところだった。私たちよりも先に、同行している教頭先生たちと離れたテーブルで食事を始めていた菱先生は、厨房のほうに「ごちそうさまでしたー」とよく通る声で告げてから、ぱたぱたとスリッパの音を響かせ、食堂から出ていった。

「何だろうね」

向かいの席に座る、同じ一年生の咲桜莉(さおり)が味噌汁のお椀をすすりながら、先生の後ろ姿を目で見送る。

「応援ポイントの話じゃないかな。スタジアムからひとりを最終区の途中に回したい――、みたいなこと、下見の帰りに先生、言っていたから」

なるへそ、と咲桜莉は味噌汁のお椀を置き、

「そう言えば、明日、雪が降るかもだって」

と漬物の皿に箸を伸ばした。

「そうなの？　嫌だなあ、私、寒いの苦手なんだって」

おいしい、これ、何ていう漬物だろう、と細かく刻んだ緑色の野菜の漬物をぽりぽりと齧っていた咲桜莉が「あ、忘れてた」と急に声のトーンを上げた。

「お母さんから、お土産に千枚漬を買ってきて、って言われてたんだ——。どこのお漬物屋で買うのがいいのかな？　だいたい、不思議だよね。京野菜って言うけど、別に京都だけで育つ野菜じゃないでしょ？　それなのに、『京』と頭につけるだけで高級感出るから、これぞ京都マジック」

すると、いつもはうるさいくらいにおしゃべりなのに、席についてからまったく言葉を発していなかった心弓（ここみ）センパイが、急にスイッチが入ったかのように「私もだ」と顔を向けてきた。

「おじいちゃんに甘栗、頼まれてるの。商店街のアーケードを出たところに、おいしい甘栗屋があるらしいんだけど、どっちの出口だろ？　アーケードだって、二本あるみたいだし。新京極と寺町だっけ？」

そこから話題が伝播して、お隣のテーブルを巻きこんでの、各自が託されたお土産リストを紹介し合うコーナーが始まり、固い雰囲気が一変、思わずリラックスした空気が流れた。

「サカトゥーは何か、頼まれたの？」

柚那キャプテンからの質問に、

「お香です。有名なお香屋さんがあるみたいで――。でも、たどり着けるかどうか心配です」

と私が答えた途端、「ああ」という声にならぬ声が一同から発せられるのを聞いた気がした。

「咲桜莉、いっしょについていってあげな」

柚那キャプテンの声に、「了解であります」と咲桜莉がうなずき、「面目ねえっす」と私は半笑いで頭を下げた。

＊

咲桜莉と並んでエレベーターの到着を待っていたら、柚那キャプテンの咲桜莉を呼ぶ声が食堂から聞こえてきた。

「何だろう、行ってくる」

別れ際、咲桜莉から鍵についた木札を見せられ、

「ウチらの部屋が『秋桜（こすもす）』だから、先生の『さざんか』も漢字かも。確か、どっかに

『茶』が入っていた気がする」

　というアドバイスを受けておいてよかった。

　エレベーターで三階に移動し、「山茶花」の表札を確かめてから、ドアをノックして
「坂東です」と告げると、

「入って」

　という菱先生の声が返ってきた。

　やけに声がはっきり聞こえると思ったら、扉の内側にロックを噛ませて、開いた状態になっていた。

　失礼します、とドアを開けると、正面に座っていた先生が、

「上がって。そこに、座って」

　とうつむいたまま、手にしたペンで座卓を挟んで向かい側を示した。

　スリッパを脱いで、そそくさと部屋に上がる。

　私たちの部屋とほぼ同じ間取りの和室で、座卓の上には書類が並んでいる。私が部屋に入ったときから、先生は難しい顔で紙を眺めていたが、ようやく顔を上げると、

「そこの座布団、使っていいから。みんな、どう？　緊張してた？」

　と部屋の隅の座布団を視線で示した。

「最初は緊張していましたけど、お土産の話で盛り上がって、結構、リラックスした感じ

になったように思います」

そう、とうなずいて、先生は私が座布団を敷くのを待っていたが、腰を下ろすなり、

「ダメダメ。正座は膝に負担がかかるから」

とさっそく注意が飛んできて、慌てて正座の姿勢を崩す。

「ココミは、どんな様子だった？」

座卓の上の書類を整理しながら、先生が訊ねてきた。

「心弓センパイですか？」

「ちゃんとごはん食べてた？」

隣に座っていた心弓センパイのトレーの様子を思い出そうとするが、記憶にない。気にならなかったということは、しっかり食べていたのだろう。

「たぶん……、食べていたと思います。そうだ、いつもと違って全然しゃべらなくて、でも、途中からは普通に戻って、お土産に甘栗を頼まれてる、って言ってました」

そっか、と先生は肘をついた姿勢で、こめかみのあたりにペンのお尻の部分を当て、ぐりぐりと押しつけた。あの陽気な心弓センパイでも本番を前にして無口になってしまうのだ、と改めて選ばれし走者の重責に思いを馳せていたら、

「ココミね。明日、欠場することになった」

といきなり先生の声が飛びこんできた。

「え、ウソ」

そう発音したつもりが、色を抜かれて声自体が透明になってしまったかのように、息だけが唇から漏れた。

「貧血の症状が収まらなくてね。ギリギリまで様子を見ようと粘ったけど、今日、午前中の試走のあとで、彼女のほうから出走を辞退する、って申し出があった」

「そ、そんな――」

心弓センパイが貧血に悩んでいることは知っていたけど、毎日一生懸命練習して、奇跡の大逆転で地区大会を優勝して、夢のまた夢だと思っていた「都大路を走る」チケットをゲットしたのに、大会前日にエントリーを取りやめることになるなんて、そんなのって。

改めて、食堂で隣に座っていたセンパイの様子を思い返す。きっと、とんでもないショックを抱えていただろうに、そんな気配はおくびにも出していなかった。確かに、咲桜莉がお土産の話を始めるまで無口ではあったが、話が盛り上がり始めると率先して、心弓センパイは各自のお土産事情を順に訊ねていた。みんなの緊張をほぐそうとしていたのだ。ああ、何て健気なんだろう、と涙腺が緩みそうになるのをグッとこらえる。

「わかりました」

気がつくと、私は座卓の上に両肘を置き、身体を乗り出していた。

「明日は、私たち一年生でちゃんと心弓センパイをフォローします！」

「違うって」

「え？」

「ココミじゃなくて、アンタの話」

ひっつめた髪のおかげで、あらわになっている額にしわが寄り、先生は何だか怖い顔になって、こちらを睨みつけた。

「ココミのことフォローするのは当たり前だし、一年生だけじゃなく、部員みんなでやることだから。それより、ココミの代わりに誰が走るのかって話。夕食の前にね、キャプテンとココミと三人で相談したの。代走に誰を立てるか――」

先生はひと呼吸置くと、こめかみにあてていたペンの尻を私の鼻先に向けた。

「坂東、アンタに決まったから」

一瞬、視界がぼんやりとして、それから自分に突きつけられた、ペンの尻に焦点が合った。

やわらかそうなゴムがくっついている。これ、文字が消えるボールペンだ、と素早く見極めると同時に、

「無理です」

と考えるよりも先に、声が飛び出していた。

「無理じゃない。そもそも、坂東は補欠で登録してるんだから。交替で出走しても、何も

おかしくない」

先生は書類の下から、『全国高校駅伝』と大きく赤字で記された大会パンフレットを取り出した。付箋がつけられたページを開くと、そこに私たちの県の代表として、男子チームと女子チームがそれぞれ上下に分かれて紹介されていた。

確かに我が校の欄には、レギュラーメンバー五人のほかに、補欠三人の名前が並び、咲桜莉といっしょに私の名前も印字されている。でも、これはいわゆる「名前を貸しただけ」ってやつで、まさか本当に走ることになるなんて、夢にも思わないじゃない。

「む、無理です。だいたい、補欠には二年生のセンパイがいるんだし、一年生の私が出るのはおかしいです」

「普通ならそうなるわよね。でも、一年生を入れようというのは、ココミの希望だから。わかる？　ココミは来年絶対に、ここへ戻ってくるつもりなの。来年のことまで考えて、一年生をメンバーにひとり入れて、本番を経験させるべきだ――、って。なかなか、言えないわよ、そんなこと。私もそこまで思いきったオーダー、ひとりじゃ、決めきれなかった。でも、ココミが言ってくれて、私も腹をくくった」

しゃべりながら、まるで一秒ごとに決意のほどが固まっていくかのように、部屋に入ったときは猫背気味だった先生の背筋が次第に伸びてきた。

「そ、それなら、咲桜莉が出るべきです。一年生でいちばんいい記録を持ってるし、十月の三千メートル走チェックでも、私より十秒以上、速かったし――」

「私は顧問よ。アンタたちの数字なんて、百も承知のうえで判断してるに決まってんでしょ。アンタ気づいてる？　一学期のときは咲桜莉に二十秒近く離されていた。それが夏休みでは十五秒差になって、十月の計測で十秒差まで縮めてきた。そこから二カ月経った今は？」

あとは自分で考えろ、とばかりに、先生はボールペンの尻で座卓の表面をコンコンと叩いた。

「そ、それに、私は超絶方向音痴なんです。いきなり、試走もしていないコースを走れといわれても――。先生、知ってますよね？　今日の下見でも、思いきり間違えたし」

「あれね……。アンタ、ワザとやったわけじゃないのよね？」

今日の午前中、レギュラー組が本番のコース確認を兼ね、試走している間、私たち一年生はスタートの西京極総合運動公園陸上競技場から烏丸鞍馬口にある折返点まで、菱先生といっしょにバスを乗り継ぎ、応援ポイントを決めて回った。

「きたおおじどーり、ほりかわどーり、むらさきあかるい？　どーり、とりまるどーり、そこで折り返して、また、むらさきあかるいどーり、ほりかわどーり、きたおおじどーり。ああ、ややこしい」

折り返し地点を目指しながら、本番のコースを地図でたどるが、自分が歩いている場所も、通りの名前も、すべてがちんぷんかんぷんだった。

「とりまるじゃないよ、からすまる。よく、見なよ」

と隣を歩く咲桜莉から訂正の声が入り、「え？」と地図をのぞきこんだ。確かに「烏丸通」ではなく「烏丸通」と表記されている。

「『烏』って字、『鳥』より横棒が一本、少なくて簡単なはずなのに、何でこっちのほうが難しい漢字に思えるんだろうね」

何気なしに私がつぶやくと、

「カラスは目が黒くて見えないから、『鳥』から目玉の部分を表す横棒が消えて、『烏』って文字になったらしいよ」

と咲桜莉が思わぬ豆知識を披露してきた。

「それ、本当？」

ちょっと、出来過ぎてる話じゃない？　と遠足気分を隠せない私たちに、

「物見遊山に来てるんじゃない。それに『からすまる』じゃなくて『からすま』って読むから。それに紫明(しめい)通。むらさきあかるい、なわけないでしょ」

と先頭を進む菱先生から鋭い声が飛んできて、二人して「ヒエッ」と肩をすくめた。

「いい？　2区の後半と折り返してからの3区の前半、何度も角を曲がるから、ちゃんと応援ポイントの場所を覚えておくこと。これから担当決めるけど、アンタたち、明日は自力でここまで来るんだからね」

ほとんどの部員が小学校か中学校のときに、修学旅行で京都を訪れてはいるが、はっきり言って見知らぬ街である。明日はコースの途中じゃなくて、スタジアム組だったらいいな、それならば、センパイたちにくっついて旅館からいっしょに出発すればいいから、ゴールの瞬間も見ることができるし――、などとズボラなことを考えていたところへ事件は起きた。

「さっきの場所とこっちだと、どちらが視界、開けてるかな?」

折返点の前に声がけポイントを作るか、あとに作るか。前後のレースの流れをより見通しやすい場所を選ぶべく、

「ちょっと、坂東。さっきの場所に行って、チェックしてきて」

と菱先生からお役目を授けられ、私は「さっきの場所」を目指し、さっそくランニングで向かった。

そして、そのまま迷子になった。

十五分後、自分のいる場所がわからず途方に暮れているところを咲桜莉に発見され、菱先生から、

「何で一回曲がった道を戻るだけなのに、迷子になるのよ?」

と心底呆れられた。

「先生、サカトゥーは絶望的なくらい方向音痴なんです」

と咲桜莉がフォローになっているのか、いないのかわからぬ解説を挟んでくる。

そう、咲桜莉は正しい。

私は自他ともに認める「絶望的なくらい方向音痴」だった。

迷子になった理由は承知している。大きな通りを進んで、どちらかに曲がればよいとは知っていた。正解は左だった。しかし、右に曲がった。私は賭けに負けたのだ。

「こんな場所、通ったっけ？」

ほのかな疑いの念を抱きながらも、ずんずんとそのままランニングで邁進し、見覚えのない街並みに迷いこんでしまった。

もっとも、怪我の功名と言うべきか、後方から、

「違う、そっちじゃないッ」

と叫んでいたらしき咲桜莉の声は、烏丸通の車の往来の音に掻き消され、私の耳にまったく届かなかった。結果、道路幅の狭いほうが応援の声も通りやすいだろう、という気づきを先生が得て、声がけポイントがその後、正式に決まった。

そんな午前中の出来事を反芻しつつ、

「私、コースをちゃんと走れるかどうか、自信、ありません」

と改めて座卓に上体を乗り出し、菱先生に正直な気持ちをぶつけた。

地方予選大会のコースを部員全員で試走したときも、ところどころにある道路の分岐点

を見るたびに、「もしも、自分が選手だったら、ゼッタイ道を間違える」と人知れずビビっていた私である。

「まだ誰にも言っていないですけど、昨日も迷子になりかけました。旅館にいちばん近いコンビニに行ったら、自分がどこにいるかわからなくなって――」

「いちばん近いコンビニって……。旅館の玄関から、見えてるやつだよね？」

「夜になると道が意外と暗くて、コンビニ側から旅館が見えなかったんです」

先生はひとつ、大きくため息をついてから、

「あのさ、本番で迷子になるとか、あり得ないから。沿道には人が大勢観戦しているし、他校の選手も走っている。だいたい、まっすぐ進んで、一回だけ右に曲がる。それだけのコースだから」

と手にしたペンの先で、宙に「L」の字を描いて見せた。

「え？」

「アンタの走るコースの話。2区や3区は何度もコーナーがあるから、曲がるときのテクニックもいるし、アンタは集中して走れないかもしれないでしょ？　4区は前半が上りだから、ここは上りに強い美莉（みり）をあてたい。1区はキャプテンが最初に気合を入れるから、柚那で固定。てことで、アンタが走るのは、ここ」

菱先生は手元の書類から、明日のコースが記された地図を引き抜くと、「第4中継所

（西大路下立売）」と書かれた地点から、

「まっすぐ進んで、一回だけ右。迷いたくても、迷えない」

とペン先で競技場のイラストまで進めた。

「先生、これって……」

「坂東。5区、任せたから」

信じられない言葉に地図から視線を上げると、そこには部員からのいっさいの異論を認めぬときの「鉄のヒシコ」の顔が待っていた。

全国高校駅伝は男子が42・195キロを七人で走るのに対し、女子は半分の21・0975キロを五人でつなぐ。

つまり、私はタスキリレーのアンカーを託されたのだ。

＊

雪が降っている。

どんよりと濁った空を見上げ、頬をごしごしとさすった。

鼻筋に落ちた雪片（せっぺん）がしんとした冷たさを肌に伝えていく。

耳の先に触れてみるが、こちらは寒さのせいであまり感覚がない。

宙に向かって、白い息を吐き出し、その場で十回足踏みした。

私は今、道路のど真ん中に立っている。

これから5区を走る各都道府県代表のアンカーたちが四十七人。おしくらまんじゅうのように固まりながら、吹き荒ぶ寒風に無言で耐えているのはひとえに、この場所を目指して走り続けている仲間のランナーから、一本のタスキを受け取るためだ。

「第四走者が、残り五百メートルの地点を通過した順に番号を呼びます。呼ばれた番号の人、中継線まで来て、スタンバイしてくださいよー」

拡声器を持った係員のおじさんの割れ気味な声が響く。強めの関西弁イントネーションが混じるせいで、単に連絡事項を伝えているだけなのに、せっかちな感じも加わって、ちょっと怖く聞こえる。そのぶん、場の雰囲気を切り替えさせる効果は抜群で、周囲の緊張レベルが一気に二段階ほど引き上げられるのを感じた。

「4番、4番——」

早くも番号を呼ばれた選手がベンチコートを脱いで、中継線まで進んだ。都大路を目指す者なら誰もが知っている、何度も優勝経験がある超強豪校のユニフォームだ。

その選手の足を見て、びっくりした。

ふくらはぎからぽっこりと出ている筋肉の逞しさが尋常ではない。女子がここまで鍛えられるのか、と思わず凝視してしまった先で、4番のゼッケンをつけた選手は屈伸してか

ら、シューズの先をぶらぶらと揺らして、

「ラストォ！」

と両手を掲げ、左右に大きく振った。

人の山に阻まれてコースを見ることはできないが、声が届く距離まで第四走者が近づいているのだ。

それを証明するかのように、私たちの背後を先導車両や白バイが通過していく。色とりどりの鉢巻きをつけた選手たちの頭が並ぶ向こうに、先頭を切って4番が勢いよく出発するのが見えた。

次の選手がまだ呼ばれないので、独走状態でタスキを受け取ったということだ。一方、役目を果たした選手は腰に手を当て、走り終えた人特有の肘を左右に張り、肩で大きく息をする、くたびれきった後ろ姿とともに歩道側へと消えていった。

先頭が通過してから一分近くが経って、

「26番、28番、46番――」

とようやく三人の番号が呼ばれた。

それからは続々と、ゼッケン番号がダミ声でもって拡声器経由で告げられていく。周囲から急に、パチンパチンという肉を叩く音が聞こえ始めた。寒さで固くなった太ももを叩き、少しでも筋肉をほぐそうとしているのだ。

本当に私、走るんだ――。

スタジアムからこの中継所までの連絡バスに乗っている間も、雪とともに流れていく京都の街並みを眺めながら、いっそこのまま家の前まで走って帰ってくれないかな、と内心、真面目に願っていた私である。

バスから下りたのち、待機所になっている病院のロビーでは、はじめて留学生のランナーを見た。彼女のことは陸上競技雑誌で見かけたことがあった。私や咲桜莉が得意とする中距離走の高校記録を持つ超有名選手だった。驚いたのは、彼女が自分よりもずっと身長が低かったことだ。

緊張のしすぎで、身体をどこかに置き去りにしてしまったような私に対し、留学生の彼女は同じデザインのベンチコートを着た女の子二人と談笑していた。サポート要員として、中継所まで部員が駆けつけているのだ。呼び出しの寸前まで、留学生は足のマッサージを受けていた。ひとりでやることもなく、キャラメルを舐めていた私とはエラい違いだった。

第二集団のトップを切って、その留学生選手がタスキを受けて出発する。

「すごい」

思わず声が漏れてしまうほど、今まで見たことがない走りのフォームだった。

まわりの選手たちもハッとした表情で彼女の後ろ姿を目で追っていた。走る際の、足のモーションがまるで違った。走るためのマシーンと化した下半身に、まったくぶれない上半身がくっついているようだ。跳ねるように地面を蹴る、その歩幅の広さといい、それを支える筋肉のしなやかさといい、何て楽しそうに走るんだろう、とほれぼれしてしまうフォームで、彼女はあっという間に走り去っていった。

彼女の残像を思い浮かべながら、視線を中継所に戻したとき、

「私は好きだよ、サカトゥーの走り方。大きくて、楽しそうな感じがして」

緊張のしすぎで、まったくごはんを食べる気が起きない朝食会場で、正面に座る咲桜莉に突然告げられた言葉が耳の奥で蘇った。

そんなことを彼女から言われたのははじめてだった。私は咲桜莉の機敏で跳ねるような足の運び方や、テンポのよい腕の振り方が、自分にはできない動きでうらやましく、自分の走り方は大雑把で無駄が多いと思っていたから、驚くとともに純粋にうれしかった。おかげで用意された朝食を全部平らげることができた。

私が留学生の彼女を見て楽しそうと感じたように、咲桜莉が私の走りを見て楽しそうと感じてくれている——。

留学生の彼女と私じゃレベルがまったく違うけれど、不思議なくらい勇気が太ももに、ふくらはぎに、足裏に宿ったように感じた。

気づくと、あれほど我が物顔でのさばっていた緊張の気配が身体から消え去っている。

そうだ、私も楽しまないと——。

こんな大舞台、二度と経験できないかもしれない。もちろん、来年だってここに戻ってきたいけれど、私が走れる保証はどこにもないのだ。

ならば、この瞬間をじっくりと楽しまないと。最初で最後のつもりで、都大路を味わわないともったいないぞ、サカトゥー。

図々しい気持ちがじわりじわりと盛り上ってくると同時に、走る前の心構えが整ってきた。さらには、周囲の様子もよく見えてきた。もっともそれは、半分の選手がすでにゼッケン番号を呼ばれ、待機組の人数が減ったせいかもしれないけれど。

早く、走りたい――。

身体がうずいて、その場で二度、三度とジャンプして、ステップを踏んだ。

すでに先頭が通過してから、五分以上が経過しただろう。

ついに、私の番号が呼ばれた。

順位に関しては、良いとは言えない。

でも、それは菱先生も事前に予想済みのことだった。というのも、各都道府県で行われた予選大会にて、五人のランナーは本番と同じ距離を走る。コースのつくりや、当日の天候の違いによる影響は多少あるだろうが、都大路に駒を進めた各校のタイムはすべて公開されるので、その記録をチェックしたら、おのずと全体における自校のだいたいの位置がわかる。私たちの学校の記録は四十七校中三十六位だった。

「全員がはじめての都大路で、いきなりいい成績なんて出ないから。今回はまずは二十位台を目指そう」

と菱先生はハッパをかけたが、この場に残っているのは十五人くらい。すでに三十位台にいることは間違いなさそうだ。

中継線に並んでいた選手が四人、目の前で次々とタスキを受け取り、一目散に駆け出していく。

ベンチコートを脱ぎ、青いキャップをかぶった係員に手渡し、中継線まで進んだ。

私とほぼ同じタイミングで、すぐ隣に赤いユニフォームの選手が立つ。

私よりも五センチくらい背が高い。寒さのせいか、緊張のせいか、血の気のない真っ白な肌に、唇だけが鮮やかな赤色を残していた。

ぱっつんと一直線に揃えられた前髪と重なるように、きりりと引かれた眉の下から、切れ長な目が私を見下ろしている。

互いの口から吐き出される白い息を貫き、視線が交わった瞬間――、彼女の目Aと、私の目Bを結ぶ、直線ABの中間点Cにて、何かが「バチンッ」と音を立てて弾けるのを聞いた気がした。

相手は目をそらさなかった。

私も目をそらさなかった。

拡声器を手に係員のおじさんが隣を通ったのを合図にしたように、二人して同じタイミングでコースに向き直った。

体格を見ても、面構えを見ても、相手は一年生ではなさそうだった。

でも、何年生であっても、この人には負けたくない——。

むらむらと闘争心が湧き上がってくるのを感じた。

そう言えば、「どうして、私なんですか？」と昨夜、菱先生の部屋で泣きべそをかく寸前の態（てい）で選考の理由を訊ねたとき、

「駅伝はみんなで戦うもの。でも、いちばんしんどいときは、誰だってひとりで戦わなくちゃいけない。そこでどれだけ戦えるかは、持ちタイムでは測れない。じゃあ、ひとりで粘り強く戦えるのは一年生で誰かってなったとき、キャプテンもココミも真っ先に挙げたのが、坂東——、アンタの名前だった」

と告げてから、「鉄のヒシコ」は「私もそう思った。だから、死ぬ気で走ってきな」と完全に目が据わった表情でニヤリと笑った。

菱先生は勝負師ゾーンに入ってしまった感じで怖すぎるし、二人の先輩が推してくれたことも、それって買いかぶり以外の何物でもない、と今でも思うが、雪が舞う視界の先に自分と同じ黄緑色のユニフォームが見えた途端、すべてが頭のなかから吹っ飛んだ。

「美莉センパイ、ラスト！　ファイトですッ」

目いっぱいの声とともに、私は両手を大きく頭上で振った。

　雪の勢いが増したぶん、ユニフォームのネオンカラーが映えて見える。美莉センパイは赤ユニフォームの選手と並びながら近づいてくる。どちらが先を走っているのか、よくわからないが、その歪んだ表情からも、センパイが最後の力を振り絞ってラストスパートをかけていることは明らかだった。

「美莉センパイ！　美莉センパイ！」

　と名を連呼する横で、同じく赤ユニフォームの選手が、

「わかば！　わかば！　最後の力出せェ！」

　と叫んでいる。

　美莉センパイお馴染みの、肘を左右に張ったフォーム、その右手にはすでに肩から外されたピンク色のタスキが握られていた。

　自然、身体がスタートの体勢を取る。

　シューズがアスファルトを蹴る足音が一気に近づいてきて、肌に触れた雪が解けたのか、それとも汗なのか、テカテカに濡れた美莉センパイの顔が迫ってきた。

　苦しいだろうに、それでも笑顔を作り、

「まっすぐ進んで、一回だけ右！」

　と甲高い声とともに美莉センパイはタスキを渡し、私の背中をパンッと叩いた。

＊

西大路通を、ひたすら下った。

何でも京都では、碁盤の目状に通りが入り組む特徴を活かし、通りの名のあとに「上ル」や「下ル」をくっつけて、そのまま住所とする慣わしがあるらしい。

この「上ル」や「下ル」は、位置関係を伝える記号代わりとして使われているのだろうが、私は文字どおり、西大路通を下り続けた。

なぜなら、最終5区は、西大路通のゆるやかな下り坂の途中からスタートするからだ。

「サカトゥー、ブレーキをかけるな。失うものなんか、はじめから何もないんだから、行けるところまで行きなッ」

菱先生はそう言って、スタジアムからの連絡バスに乗りこむ私を送り出したが、下りの走りはスピードが出るぶん、太ももへの負担が大きい。そのまま平地に戻ったとき、それまでの調子が一変、急に足が動かなくなることもある。そのギャップを計算して走れる人もいるだろう。でも、試走すらしていない私には土台無理な相談で、

「これ、保つんだろうか？」

と心のどこかで不安に思いつつも、坂の勢いを駆って無我夢中で西大路通を下り続けた。

菱先生のアドバイスに素直に従っただけとも言える。

だが、それよりも、隣を走る赤ユニフォームの選手の存在に引っ張られたところが大きかった。

タスキを受け取ったのは、私が一瞬だけ早かった。

しかし、すぐさま赤いユニフォームが追いついてきた。

それからは、ほぼ二人並んで坂を下っている。

右隣から、ハッハッという規則正しい息づかいが聞こえてくる。私よりもストライドが広い走り方で、視界の端に映る彼女のピンク色のシューズの動きと、自分の足の回転のリズムがまったく合わない。それなのに同じスピードなので、何だか気持ち悪い。と言うか、鬱陶（うっとう）しい。

もう、離れてよッ。

相手を嫌がって、スピードを上げて引き離そうとしても、ピタリとついてくる。

ならば、いっそ彼女の後ろに下がって風よけにしたらよいのだろうが、せっかく美莉センパイがデッドヒートの末に勝ち取ったリードだと思うと、少しでも後れをとることが癪（しゃく）に障る。

つまり、これらの駆け引きも相手の作戦のうちで、こんなふうに隣を気にしながら走り続けていたら、経験の浅い私である。ほどなく、己の走りを見失っていただろう。

それが危ないところでペースを乱さずに済んだのは、右側の赤ユニフォームよりも、左側の沿道の観客が気になり始めたからである。

さすがテレビでの全国中継がある大会だけあって、沿道の観客の数はとても多い。雪が降る悪天候であっても、隙間なく歩道を人が埋めている。どこの馬の骨とも知れぬ私に対し、「がんばれー」とひっきりなしに声援を送ってくれる。

それに対してリアクションを取る余裕は、もちろんなかったが、先ほどからちらちらと歩道側に視線を向けてしまうのは、私たちと並走している人がいるからだ。

マラソンのテレビ中継でもときどき見かける、あれだ。

選手と並んで歩道を走る観客——、小学生ボーイから、ヤンキー、おじさんまで様々な年齢層の人たち、ときに自転車に乗って画面の端に登場することもある。おもしろいことに、選手を追いかけているのは、ほぼ100%の確率で男性だ。要はテレビ画面に映りこまんとする目立ちたがり屋のパフォーマンスなのだが、あれはあれで、フォームも崩れず、ペースも一定の一流選手を見ているだけではわからない、

「こんなに一生懸命、走らないと追いつけないんだ。あの中学生くらいの子、全速力じゃん」

というリアルなスピード感を伝えてくれるので案外、私は好きである。

その「並走する観客」が、いつの間にか左側の歩道を——、観戦中の人々の後ろを、私たちと同じスピードでついてきているのだ。

しかも、ひとりではない。

どうやら、七、八人がかたまりになって走っている。

ちらちらと視界の隅に人影が現れては消えるたび、断片的な情報が蓄積され、やがて、無意識のうちにひとつの答えに行き着いた。

この人たち、着物を着てない？

レース中にもかかわらず、思わず顔を向けてしまった。

一秒にも満たないよそ見だったけれど、正面に顔を戻してからも、しばらくの間、頭の中でクエスチョンマークが乱舞した。

並走しているのは七、八人。案の定と言うべきか、男ばかり。なぜか彼らは、全員が黒っぽい着物を纏（まと）っていた。

それどころか、「ちょんまげ」まで結っていた。

なかには黒いヘルメットのようなものをかぶっている人もいたけど、走るのに合わせて、ちょんまげが頭の上でウソみたいに揺れていた。

さらには、ひとりが旗のようなものを掲げ、

「誠」

という一字が、旅館の座布団をひとまわりくらい大きくしたサイズの白い布地に躍っていた。

新選組？

もう一度、チラ見する。確かに「誠」という字が男たちの頭上で躍っている。

つまり、新選組のコスプレ集団？

でも、コスチュームまでバッチリ揃えて、並走する相手が私って、おかしくない？　そこまで目立つ気マンマンなら、こんな先頭から五分以上も遅れた方向音痴の一年生じゃなくて、中継カメラがばっちり抜いてくれる先頭ランナーの横を走るべきでしょうよ――。

そんな余計なことを考えてしまったとき、不意に「方向音痴」の四文字が何かを訴えかけるかのように頭の隅でチカチカと明滅した。

あれ。私、どっちに曲がるんだっけ？

右？

左？

美莉センパイは「まっすぐ進んで」のあと、何と言ってタスキを渡してくれた？

中継地点よりも、雪の勢いが明らかに強まっている。雪片がぴしぴしと顔に当たるついでに、目の中にまで入ってくるが、瞬きすることも忘れて考えた。しかし、考えようとすればするほど、柚那キャプテンから先輩たちがつないだタスキの成果を台無しにしてはいけない、という焦りがこみ上げてきて余計に頭が働かない。

ダメだ。

思い出せない。

いや、でも、大丈夫。

こんなこともあろうかと、手の甲にどっちに曲がるかちゃんと書きこんでおいた。しかも、雪で溶けないように、油性ペンを使う我が周到さよ！

もしものときのプランB。さっそく、左手の甲を確かめようとして、思わず「何てこったい」とつぶやいてしまった。

私、手袋をしている。

ゼッケン番号を呼ばれるのを待つ間、ベンチコートのポケットに両手を突っこんだら、そこに手袋が押しこまれていたから、何も考えずにつけちゃったんだ――。

風にも負けず、雪にも負けず、赤ユニフォームの選手に食らいついていけるのは、予想以上に腕が振れているからだ。こんなにいいリズムを左右の腕が刻んでくれているのを無理に止めて、手袋を脱ぐなんて、怖くてできなかった。絶対に私、上手く脱げずに手間どる自信がある。

ああ、どこまで馬鹿なんだろ、と己を呪った。

そこへ、プランBがダメならプランC！　とばかりに、絶妙なタイミングで頼れる菱先生の言葉が蘇った。

「どっちに曲がるか忘れても、カーブする交差点まで行きゃ、コースに沿ってコーンが並べられているから、大丈夫」

だよね、コーンに沿って走れば、それでいいんだから、そこまで気にすることないよね、と己を励ましつつ、改めて前方に視線を向けたとき、私はシンプルに絶望した。

何の嫌がらせか、さらに勢いが強まってきた雪のせいで、前が全然見えない。

どれだけ目を凝らしても、それこそ十メートル先が白く霞んでいる。

そのとき、歩道から一歩、道路に出たところに「中間点」と書かれたプラカードを掲げ、寒そうに立っている青いキャップをかぶった係員の姿が見えた。

中間点を過ぎたら、曲がるべき交差点はもう目と鼻の先のはずだ。

少しでも、有利なコース取りとともにカーブを回って、隣の赤ユニフォームの選手を引き離したかった。

「左だ」

なぜか、強く、そう思った。

昨日はまっすぐ進んで右に曲がって失敗した。ならば、今回の正解はきっと左だ。

まるで天啓を授かったかのように、「左」コールが頭の中で鳴り響く。

「よし」

インコーナーから一気に加速をかけようと、隣の選手よりも先に左へと動いた。

まだ歩道を走る変な集団の姿が、視界の端にちらちらと映りこんでくる。

歩道にぐっと近づいたせいで、彼らの叫び声まで聞こえてきた。

不意に「斬るぞ」という殺気だった声が飛びこんできて、三度目の視線を向けてしまった。

そのまま二秒間、凝視した。

「誠」の旗の前後で、刀のようなものを数人が抜いて頭の上に掲げているのが見えたけど、いや、さすがに刀は見間違いだよね？　というのも、彼らとはほんの数メートルしか離れていないのに、雪がうなるように風に舞って、やけにおぼろげに見えるのだ。

やっぱり、この人たち、何だか変だ――。

目立ちたいために走っているとは思えない、必死の形相で坂を駆け下りている。だいたい、誰も私のことを見ていない。むしろ、これだと私のほうが彼らにくっついて走っているみたいだ。

さらに不思議なのは、沿道に並ぶ観客の人たちが、誰も振り返ろうとしないことだった。あんな大勢で、しかも今も奇声を上げて走っているのに、誰も彼らに注意を向けない。変わらず、こちらに声援を送ってくれる。ひょっとして、背後を駆ける彼らの存在に気づいてないのかな――？

そんなことをふと思い浮かべたとき、

「右だよ、右！」

突然、頬を叩くかのように鋭い声が響き、ハッとして左に寄る動きを止めた。

雪の勢いが弱まり、前方の視界が急に開けた。西大路通から五条通へとつながる交差点——、そこには赤いコーンが右カーブを描きながら待ち構えていた。

「まっすぐ進んで、一回だけ右！」

今ごろになって美莉センパイの声がくっきりと蘇る。

距離が離れかけていた赤ユニフォームの選手との間隔を、慌てて詰める。さいわい、ほとんどロスなくコースを修正できた私は、赤ユニフォームの彼女とふたたび肩を並べながら、右カーブへと突入した。

＊

地元のシャッターだらけの駅前商店街とは違う、前後にどこまでも店が続く眺めに、

「すごいねー」

と私が素直に感嘆の声を上げると、隣を歩く咲桜莉が、

「そらそうよ、新京極よ。京極が新しくなっちゃってるんだから、もう無敵よ」

とよくわからぬ理屈とともに、ズドンとアーケードが続く様を両手を広げて紹介した。

私たちは上機嫌だった。

午後三時半発の新幹線に乗るまでの自由行動を満喫すべく、午前中からお寺を見て、神

社を見て、お昼ごはんに親子丼を食べて、抹茶パフェを食べた。

雪もやんで、昨日の荒天がウソのように朝から快晴。旅館の人に八坂神社の近くにある、おいしい千枚漬を売っている漬物屋を教えてもらった咲桜莉は、そこでしこたま漬物を買いこんでから、私のお香選びにもつき合ってくれた。

「ヒシコからの厳命だから。坂東をひとりで歩かせたら、また迷子になって、集合時間の京都駅に来られなくなるから、アンタがずっと坂東についておく、わかったわね！　だって」

菱先生の口調を真似しながら、咲桜莉はお香屋さんの場所が記された地図をふむふむと読みこむと、

「ちょっと離れているけど、せっかくだし、ジョギングしない？　昨日のサカトゥーを見て、私も走りたくてウズウズしてるんだ。ね、走ろう」

と両腕で走るポーズを取った。

「お、いいね！」

互いに、普段の部活帰りと同じベンチコートにランニングシューズという格好なので、リュックを背負い直して、さっそくランニングをスタートさせた。

橋の脇から階段を下りて、鴨川の河原に立つと、上流に雪を戴いてなだらかに連なる山々が見えた。空はすっきりと晴れて、穏やかな川の流れを聞きながら、ハッハッと白い息を吐き吐き、走るのは、びっくりするくらい気持ちよかった。

ふたたび橋の脇の階段を上り、街中に戻ってからは、昨日の道幅が広い西大路通の眺めとはずいぶん異なる、一方通行の細い道路を咲桜莉を追って走った。私とは正反対で、咲桜莉は地図を一度見たら、間違わずにそこへ向かえる特殊能力の持ち主だ。安心してナビとなって走り続けてくれたおかげで、無事「蘭奢堂（らんじゃどう）」というお香屋さんを見つけることができた。そこでお母さんから頼まれたお香を購入。あとは新幹線の時間までのんびりしよう、と新京極のアーケードまでやってきたわけである。

アーケードでは、昨日の大会に出場していた学校の生徒たちと何度かすれ違った。

どうしてそれがわかるのかというと、誰もが私たちと同じように学校のウィンドブレーカーやベンチコートを着て行動しているからだ。その背中には学校名がばっちり記されているので、一目で大会にエントリーしていた学校と気づく。

完全にリラックスした気分で観光している彼女たちの姿は（男子チームの人たちもいた）、どこにでもいる高校生の雰囲気で、それでいてその表情に、「ウチら、地元を代表して都大路を走ったんです！」という誇らしげな様子がほのかに宿っているのが、何ともくすぐったい。ほんの一瞬、彼女たちと視線を合わせるだけで、言葉は交わさずとも、互いの健闘を称え合う無言のエールが、雑踏のなかで交差した。

特に目的のないそぞろ歩きのつもりが、ふらりとお土産屋さんに入ってしまったのは、店内に新選組グッズが並んでいるのを見つけたからだ。

今の今まで、昨日の新選組のコスプレ集団のことをすっかり忘れていた。

何しろ、下り坂が続いた西大路通から右カーブで五条通に入り、スタジアムまでの残り約二キロが、とにかく苦しかったからだ。本当に死ぬかと思った。あまりにしんどかったものだから、すべての記憶をそっちに持っていかれ、変な人たちが走っていたことなんて、思い出しもしなかった。

今朝から、菱先生含め、部員全員が上機嫌なのは、もちろん大会が終わってプレッシャーから解放されたこともあるけれど、そこに結果がついてきたよろこびが加わったからだ。

菱先生が目標に掲げていた二十位台――、それを私たちは達成した。

ギリギリの二十九位でフィニッシュ。

中継所でタスキを受け取ったときの順位は三十二位だった。つまり、最終走者の私が順位を上げた。しかも、５区を走った選手のなかで、私の成績は十位。完全に実力を超えまくった記録に部員全員が驚いていたが、誰よりも仰天したのは私である。

「鉄のヒシコ」に至っては、普段のクールな様子とは打って変わって何やら奇声のようなものを発しながら、ゴールしたばかりの私にタックルのような勢いでハグしてきた。フラフラだったし、早く部員たちのもとへ駆けつけたかったので、結構迷惑だった。

「そうだ、この旗だよ――。この『誠』の旗を持った人たちが着物姿で横を走ってて、びっくりしちゃったよ」

隊旗と言うのだろうか。「誠」の一字が真ん中に入ったキーホルダーを手に取り、

「でも、あの人たちが持ってた旗、この下のギザギザ模様はなかったなあ」

と振り返ったら、そこに咲桜莉の姿は見当たらなかった。

「あれ？」

狭い土産物屋の店内を見回すが、私のほかにお客さんは誰もいない。

慌ててキーホルダーを戻して、店の外に出た。

数歩前を進む咲桜莉に声をかけてから店に入ったつもりだったが、届かぬままはぐれてしまったか。アーケードの先を見渡しても、咲桜莉のベンチコートは見当たらない。

ひょっとして私、また迷子になった？

泣きそうな気分で振り返ったら、そこに咲桜莉が立っていた。

「よかったー、また迷子になったかと思ったよ」

心底胸を撫でおろしながら声をかけたら、「あの子」と咲桜莉が指を差した。

彼女の視線の先には、別のお土産屋さんの店先で買い物をしている紫色のウィンドブレーカーの一団がいた。彼女たちの背中にもやはり、昨日の駅伝に出場した学校名が記されている。

「いちばん手前の、背の低い子」

言われるがままに焦点を定めると、確かにまわりよりも背が低い女の子が八ツ橋の箱を

手に部員たちと笑顔で言葉を交わしている。

「知っている子？」

「私、折り返し地点での応援だったから、あの子が3区のランナーで目の前を走るのを見た。彼女も一年生なんだ」

ああ、とうなずいた私の声に重なるように、

「私も走りたかったな」

と咲桜莉がぽつりとつぶやいた。

「一瞬だよ。一瞬だけど、心弓センパイの代わりに一年生が走ることになったと教えてもらったとき、どうして私じゃないんだろうと思った」

弾かれるように咲桜莉に顔を向けた私を、「わかってるから」とばかりに手で制し、彼女は続けた。

「サカトゥーがヒシコの部屋に呼ばれたときに、私も柚那キャプテンに呼ばれて、食堂で走者変更のことを聞かされたんだ。キャプテンから咲桜莉のほうがタイムはいいけど、先生や心弓センパイと相談してサカトゥーに決めた、って言われた。どうして、って思ったけど、何も言わなかった。部屋に戻ったら、サカトゥーはお化けのように真っ青になってるし、朝ごはんのときもゾンビのような顔で死ぬほど緊張しているのがわかったし――」

「だ、だから、あのとき、あんなお世辞言ってくれたの？」

朝食会場で私の走り方が好きだと咲桜莉が突然告白してくれたおかげで、走者交代を告げられてからはじめて心に余裕が生まれ、食事ものどを通ったのだ。

「お世辞？」

違うよッ、と道行く人が思わず振り返るくらい、咲桜莉が強い声を発した。

「私は本当にサカトゥーの走り方が好き。アンカーで走っているところだって見たかった。直接、応援したかった。少しだけビデオを見せてもらったけど、あんな本気で戦っているサカトゥーの顔を見たのははじめてだった。ものすごく、カッコよかった。でも、それを見てわかったの。私はまだ、あんなふうには戦えない。だから、先生やセンパイたちは、サカトゥーを選んだんだって」

お世辞だなんて最悪の言葉のチョイスをしてしまってごめんなさい、と伝えたいのに、鼻の奥がツンとして声がのどから出てこない。

「選ばれなかったことは、今は納得してる。それでも、同じ一年生のあの子とすれ違って、やりきったって笑顔で買い物しているのを見たら、気がついたんだよね。私も走りたかったな――、って」

真っ赤に充血した彼女の目と正面で出会ったとき、菱先生から出場を告げられ完全にテンパってしまったのをいいことに、咲桜莉の心遣いにも、彼女が当然抱くであろう気持ちにも、何も気づいていなかった、何も見えていなかった己を知った。

「違う、私ひとりで走ったんじゃない」

あなたの言葉のおかげで勇気が蘇ったんだよ――。肝心な部分を伝える前に、

「あ、ヤバい」

と咲桜莉は急に腕時計の時間を確かめた。

「ちょっと、行ってくる」

「え？」

「あと一分で焼き上がりだ。お姉ちゃんから台湾カステラを買ってきてって頼まれていたんだ。今から、行ってくるね。さっきの、――のところで待ち合わせしよう」

こちらが返事をする間もなく、咲桜莉はくるりと踵を返すと、アーケードに充満する人ごみの向こうへとするすると走り去ってしまった。

すぐさま追いかけるべきだったが、足が動かなかった。しかも、大事な待ち合わせ場所の部分が、ちょうど横を通り抜けた外国人観光客がどっと笑い声を上げたタイミングに重なったせいで聞き取れなかった。

自分への嫌悪の気持ちがあとからあとから石油のように噴き出し、胸の内側にどろりと広がっていくのを感じながら、ひとまず彼女が進んだ方向へ、のろのろと歩き始めた。

やがて、隣を並行して走るアーケードとをつなぐ広場のような場所に出た。

台湾カステラの店はどちらのアーケードだろうか。どちらであれ、私が選んだほうじゃ

ないアーケードに店を構えている、という絶対の自信がある。つまり、私は必ず間違える。そして、咲桜莉と行き違いになって、またもや迷子になって迷惑をかけてしまうのだ――。

咲桜莉にスマホで電話をかけてみた。走っているのか、それともカステラ購入中か、出てくれない。ならば、ここにしばらく腰を落ち着け、咲桜莉からの連絡を待つのがよい。山で遭難したときは、自分で動き回らず、救助の人をその場で待て、なんて言うし。

ちょうど、目の前においしそうな唐揚げ屋さんを見つけた。お香屋さんまでひとっ走りしたこともあって、小腹も空いている。ベンチもあるし、あそこで待っていたら、どちらのアーケードからも見える位置だし、もしも咲桜莉が戻ってきたら、お互いに発見の可能性はグンと上がるはず――。

ということで、唐揚げ屋さんの列に並び、ひとパック購入した。

ベンチに座り、爪楊枝が刺さった、かりんとうほどの大きさの唐揚げを持ち上げ、唐揚げ屋さんが映りこむように写真を一枚撮った。

「広場みたいなところの唐揚げ屋さんの前にいます」

と咲桜莉にＬＩＮＥで送った。

それから、ひとつ頰張った。

存外に、おいしい。

二つ、三つと矢継ぎ早に口に放りこんでいると、空いていた隣のスペースに誰かが座っ

てきた。自分と同じ青色のベンチコートだったから、早くも咲桜莉が戻ってきたのかと思い、
「ワオ、早かったね。台湾カステラ、ちゃんと買えた？　いや、それより、本当にゴメン。私、走ることばっかに頭を全部持っていかれて、何も咲桜莉の気持ちに気づいてなかった。でも、走る前に咲桜莉の言葉を思い出して、楽しむぞって勇気が湧いて、誰と走ることになっても絶対、負けないという気持ちになれたんだよ――」

　顔を伏せたまま、思いのたけを一気に言葉にして放出したはいいが、いざ面（おもて）を上げたとき、そこにいたのは彼女ではなかった。

「え」

　でも、知らない顔ではなく、いやそれどころか、昨日、５区のコースを肩を並べて走った相手その人だったものだから、

「うえええッ」

　と声を出さずにのけぞってしまった。

　タスキを受け取る前、中継所ではじめて目が合ったときそのままに、ぱっつんと真横にそろえた前髪の下から、ギロリと鋭い眼差しを向け、

「台湾カステラ、ちゃんと買えた？　それ、何の話？」

　ドスの利いた低い声とともに、荒垣新菜（あらがきにいな）さんは爪楊枝の先に突き刺した唐揚げを口に運んだ。

あんな赤いユニフォームを採用していたのに、何でベンチコートはウチとそっくりな青なのよ、と頭の片隅では思いつつ、

「す、すみません。友達と間違っちゃって」

と全力で謝罪した。

あん、と了承の意味なのか、どうでもいいという意味なのかわからない、くぐもった声が荒垣新菜さんの鼻奥から発せられた。

なぜ、彼女の名前を知っているのかというと、5区の区間記録の速報データに載っていたからである。私より九秒速いタイムで、順位は八位。区間ごとに入賞者を決める仕組みはないが、多くの陸上競技で八位までを入賞と扱うことが多いだけに、無意識のうちに「すごい」と思ったついでに名前も覚えた。

*

そう、残念ながら、私は彼女に負けた。

スタジアムに入る手前で、ラストスパートをかけた彼女に追いつくだけの体力は、私には残っていなかった。最後の最後で、実力の差をはっきりと見せつけられての完敗だった。

でも、この人には負けたくない、という一心で食らいついたからこそ、スタジアムの手

前一キロの地点で先行グループに追いつき、そのまま一気に四人抜きができたのだ。

ちなみに彼女は二年生。これも速報データ調べである。

「あの……、ありがとうございました」

最高の先導役だったことへの感謝の気持ちを要約して、私は小さく頭を下げた。

荒垣さんは眉根をひそめると、しばらく私の顔をじろじろと探っていたが、

「何で？」

と切れ長な目をさらに細めて訊ねてきた。

そっか、いきなり「ありがとう」とか言われてもわからないかと、

「あ、あの、私……、前日に急に出走が決まって、まったく心の準備ができていなかったんです。でも、荒垣さんにくっついて無我夢中で走ったら、今までの人生でいちばんじゃないか、ってくらい、いい走りができて。そのことへのありがとう、です。はい」

と補足を試みたが、不審者丸出しのしゃべり方になってしまった。

「私の名前、知っているんだ」

「す、すみません。速報データで見ました」

あん、とまた鼻の奥で声を発し、荒垣さんは唐揚げを口に含むと、「これ、おいしい」

とぼそりとつぶやいた。

「一年生？」

「そうです」

「名前は？」

「坂東です。みんなからはサカトゥーって呼ばれています」

サカトゥーと反復する荒垣さんの横顔を、この人、きれいな肌だな、と思いながら眺めた。

「昨日、寒かったよね」

「は、はい」

「雪、ひどかったよね」

「今日はあたたかくてよかったです」

「何で、あのとき左に寄ったの？」

手元の唐揚げを口に持っていく動きを途中で止めて、何のことかと相手をまじまじと見返してしまった。

「五条通のカーブの手前で、急に左に寄っていったでしょ。あれ、何か理由があったの？」

ああ、と顔が一気に上気する。

「いや、あれは……」

手にした爪楊枝を指でねじり、その上の唐揚げを意味もなくクルクルと回しながら、

「私、強烈な方向音痴なんです。あんな簡単なコースなのに、坂を下った先でどっちに曲

がるのか、わからなくなってしまって——。雪のせいで前も全然、見えなかったし。だから、『左だ！』と思いこんで、先に仕掛けたつもりだったんです」

と正直に答えた。我ながら、本番のコースを勘で決めようとしたなんて、アホの極みである。

恥を忍んでの告白だったが、なかなか返事が聞こえてこない。呆れてものも言えなくなってるのかも、とうつむいて唐揚げを口に入れた。せっかくの唐揚げなのに、味がよくわからなくなってしまったと思っていたら、

「なんだ」

といかにも拍子抜けした様子のつぶやきが聞こえてきた。

「あいつらが見えていたわけじゃないんだ」

「あいつら？」

思わず顔を上げる。

「わざと近づいたのかな、って思っていたのに」

「わざと……、って何にですか？」

「いいの、忘れて。こっちの話だから」

「ひょっとして、コスプレしていた人たちのことですか？」

なぜか、ピンと来るものがあって、思いつくままに言葉にしてみたら、

「見えてたの？」

と荒垣さんはこちらがギョッとするくらいの勢いで顔を向けてきた。

「見えていました……、けど」

「あいつらの声も？」

「声って……、『斬るぞ』とか物騒なこと言いながら、叫んでいた――？」

今ごろ気づいたけど、この人、ものすごく美人だ。唐揚げを入れる寸前で、口を開けたまま動きが止まっているのに、それでも美人に見えるのだから間違いない。

「あの人たち、ちょっと変でしたよね。何で、あんな誰も見ていないところで、一生懸命、目立とうとしていたんだろ。服まできっちり、揃えて――」

荒垣さんはようやく唐揚げを口に含み、ゆっくりと咀嚼（そしゃく）してから、

「あいつら、どんな格好してた？」

と探るような声で訊ねてきた。

「格好ですか？」

隣で走っていたのなら、同じものを見ただろうに、妙な質問をすると思いつつ、七、八人くらいで、男ばかりで着物を着ていた。旗を持っていた。そうだ、ちょんまげ姿だった。ヘルメットみたいなものをかぶっている人もいた――、と途中で蘇ってきた記憶も加えて語る間、荒垣さんはどこかぽけっとした表情でそれを聞いていた。

「荒垣さんは、見なかったんですか？」

「見たよ」

何を当たり前のことを訊くのか、と言わんばかりの口ぶりのあとで、

「でも……」

と急に声を小さくした。

「その人たち、いないから」

「いない？」

どういう意味かわからず、相手を見返すと、気のせいだろうか。雪が舞う中継所でタスキを受け取る前よりも、荒垣さんの顔は蒼白く映った。

「中間点の少し前に、ウチの部員が応援で立っていた。昨日、ホテルに戻ってから、あのあたりで変なヤツらが走っていたよな、って思い出して、そのことを話してみたら、応援に来ていた三人全員が、そんな人たち知らない、声も聞いていない、って全否定だった」

「目の前に集中して、外野の声が聞こえなかったんじゃないですか？」

自分で口にしたそばから、そう言えば、沿道の観客はひとりとして、彼らがやかましく後ろを通り過ぎても、振り返らなかったことを思い出した。それくらい、誰もが集中して観戦していたってこと？　いや、トップの選手ならまだしも、私たちの順位でそれはなさそう。

「後輩のひとりが動画を撮っていて、それを見せてもらったんだ。走っていた連中、ずっ

と何かを叫んでいたから、声が残っているはずなのに、動画には何も。それどころか、姿すら映っていなかった」

「え？」

「私たちが目の前を通過して、後ろ姿をカメラで追いかけたときに、一瞬だけど、歩道もいっしょに映っていた。でも、誰も歩道を走っていなかった。私の見間違いだったのかな、って今日一日、考えていたけど……、見えていたんだ。よかった。走っているときも、あいつらがすごく気になって——。刀みたいなものを振り回していたし、野次馬にしては殺気立っていて、雰囲気がちょっとヤバめだった。でも、もしもあいつらがいなかったのなら、ヤバいのは私のほうじゃない」

それから、荒垣さんは手にした爪楊枝の先を、ひょいと私の胸のあたりに向け、

「急に左に寄っていったでしょ？　どんどんあいつらに近づいていくから、ひょっとして、お前らうるさいって注意するのかな、ってあのとき思ったの。だから、危ないからやめろ、ってつもりで声をかけたんだけど、まさか、コースを間違えていたなんて」

と声を出さずに笑った。

刹那、「右だよ、右！」という声がまるで今、自分が坂を駆け下りているような感覚を伴って蘇ってきた。

「あれ——、荒垣さんだったんですか？」

「私じゃなきゃ、誰」

改めて「ありがとうございましたッ」と今度は深く頭を下げてお礼を伝えた。

「でも、動画に映っていないのはおかしいです。だって、あんなに大勢で走っていたし、『誠』の旗を持っていたし、あれってたぶん、新選組のコスプレですよね」

お、気づいていたか、という視線をチラリと向け、荒垣さんは最後の唐揚げに爪楊枝を突き刺した。

「あいつら、本物かもよ」

「本物?」

そ、本物、と荒垣さんは大きく口を開け、パクリと唐揚げを収めた。

「部員に新選組の大ファンがいてさ。いや、実際には新選組そのものより、刀?のほうのファンらしいけど。とにかく、その子が行こう行こううるさくて、午前中に部の全員で壬生(みぶ)まで行ってきた。そこに新選組の屯所(とんしょ)やお墓があるんだよね。地図で見たら、私たちが走った西大路通にも結構近い。ちょうど、その壬生から西大路通に出たあたりだよ。私が、あいつらに気づいたの」

「ひょっとして――、本物の新選組が、壬生からやってきて、私たちといっしょに走った、って言ってますか?」

「そうかもしれない」

「新選組って、今もいるんですか？」

あん？　と荒垣さんは目を見開き、

「サカトゥーって馬鹿なの？」

と容赦のない指摘をぶつけてきた。

「だ、だって今、本物の新選組だって」

「私が言っているのは、むかしの新選組をリアルに見てしまったんじゃないか、ってこと。動画には映ってなかったわけだし」

相手が何を主張しようとしているのか、すぐには理解できなかった。でも、わからないなりに、反論の言葉が勝手に口から駆け出していく。

「で、でも、新選組の人たちって、みんな青いベストみたいなやつを――、私たちのコートより、もう少し水色っぽい服を着ていたはずです。お土産屋さんでも、そんなイラストが描かれた新選組グッズをたくさん見ました。私が見た人たちは、確かに『誠』の旗は持っていたけど、服は黒っぽかったです」

「浅葱（あさぎ）色の陣羽織ね。でも、本当にあの陣羽織を着ていたかどうか、資料にも記述がなくて、最近は時代劇でも使わなくなっているらしいよ。これはさっき、壬生で仕こんだばかりの蘊蓄（うんちく）」

「新選組ってずっとずっとむかしの人たちですよね？」

「まあ、百六十年くらい前？」

「じゃあ、私たち、死んだはずの人たちを見たってことですか？　ウソ！」

つい声が裏返ってしまう私に、言い出しっぺのくせに、荒垣さんはどこかからかうような視線を向けながら、

「でも、しょうもない大学生が、コスプレごっこしているより、そっちのほうがよくない？　本当にあるかもよ。ここ、京都だし」

と本気なのかどうかわからない口調で続けた。

昨日よりもずっとあたたかい気温なのに、ゾワゾワという感触が背中を這い上がってきて――、なんてことはいっさいなく、

「何じゃ、そりゃ？」

というズッコケ気分がこみ上げてくる。そんなわけないじゃん。

「いた、サカトゥー！」

そのとき、前方からの甲高い声に顔を向けると、手を振ってこちらに走ってくる咲桜莉の姿が見えた。

「あー、よかった。ちゃんと会えた。さすが、咲桜莉」

思わずつぶやいた私の横で、

「ひょっとして、今も迷子中だったの？」

と荒垣さんが呆れた声を上げた。

一直線に駆けてくると思われた咲桜莉だったが、唐揚げ屋さんの存在に気づくと急に足を止めた。何度か私と視線を行き来させたのち、彼女も小腹が減っていたのか、磁石に引き寄せられるように購入列に吸いこまれた。

「あの子？　私と気づく前に謝っていた相手は」

咲桜莉の手に台湾カステラらしき紙袋が提げられているのを見て、無事に買えたんだ、と思いつつ、「いえ、それは……」と口ごもる私に、

「何で謝る必要があるの？　アンカーの責任を果たしたのに、それでも文句を言われたってこと？」

と荒垣さんはどこか怒ったような調子で遠慮なく斬りこんでくる。

ラストスパートのときもこんな感じだったなあ、と昨日の5区の終盤をふと思い出した。私の様子なんていっさい確かめず、駆け引きなしで、荒垣さんは一気に加速して、そのまま私を置き去りにした。

「そうじゃないんです」

こんなこと他校の人に話していいのかな、と思いつつ、彼女のほうがタイムがいいのに自分が先輩の代わりとして走者に選ばれた、それなのに、自分のことでいっぱいいっぱいでまわりに気を配る余裕がなかった、などと説明する途中で、

「そんなの、謝る必要なんてない」

ところがドキリとするくらいの強い語気とともに荒垣さんが遮ってきた。

「謝ることより、あなたがやるべきはひとつだよ」

「え？」

「また来年、ここにくる。サカトゥーが走って、あの子を連れてくるの。そして、都大路を二人でいっしょに走る。それしかないっしょ」

爪楊枝の先に唐揚げを突き刺した姿勢で固まった私の心に、ぼっと間違いなく種火が宿った。

「サカトゥー、そろそろ京都駅！　新幹線の時間に遅れるよ！」

ハッとして顔を向けると、買ったばかりの唐揚げの袋を手に、咲桜莉が呼んでいる。そりゃ、マズいと最後の唐揚げを口に含み、立ち上がった。

「お先に失礼します」

慌てて頭を下げてから、二歩、三歩と進んだとき、

「サカトゥー」

と呼び止められた。

はい、と振り返ると、「ありがとう」というくぐもった声が届いた。荒垣さんの顔が少しだけ赤くなっている。

「私もさ、あなたがいたから、がんばれたかも。あんないい走りできたの、私もはじめてだった。こんなクソ生意気そうなヤツには絶対に負けられない、ってスタート前に最高に気合いが入った。覚えてない？　中継所で、ものすごい勢いで私のこと、睨みつけてきたから」

「ち、違います。それは荒垣さんのほう」

立ち上がった私と、ベンチの荒垣さんとの中間で、またもや視線がガツンとぶつかった。

フッ、と荒垣さんが笑った。

私もフフフッと笑う。

「来年、また会おうよ」

「はい、必ず」

荒垣さんが突き出した拳に、少しだけ合わせる感じで、拳をこんとぶつけた。

ペコリと頭を下げて、リュックを背負い直す。「おーし、帰るぞー」と手を振って、咲桜莉のもとへ駆けだした。

八月の御所グラウンド
2
TN 1 2 3 4 5 6 7 8 9 計
三福
太田

八月の敗者になってしまった。

蟬の鳴き声がしゃあしゃあとやかましく降り注ぐ鴨川の河原沿いの道を、自転車に揺られて下り（くだ）ながら、俺は痛感した。

本当ならば、川は川でも、四国にある四万十川で涼しげにカヌーを漕いでいるはずだった。

でも、俺は京都にいる。

なぜか。

彼女にフラれたからだ。

二人の関係が途絶した。彼女の実家がある高知に遊びに行く理由がなくなった。自然、楽しみにしていた四万十川の清流に浮かぶリクリエーションの機会も消滅してしまった。

かくして、俺は京都に取り残された。

気がつけば、まわりから人が消えていた。多くの者は実家に帰った。残りの者はフェリーにバイクを積み、北海道を目指した。就職前の最後のチャンスだからと、自動車教習所の合宿へ向かった。カンボジアにアンコール・ワットを見に行った。企業のインターンに参加すると東京に連れていかれた。

誰もが京都から脱出した。

賢明な判断だと思う。

八月を迎え、京都盆地は丸ごと地獄の釜となって、大地を茹で上がらせていた。百万遍（ひゃくまんべん）の交差点に立つと、あまりの暑さに信号が、大学のキャンパスを囲む石垣が、コンビニの看板が、ゆらゆらと揺れていた。学食で中華丼をかきこんでいたら、後ろの席で女子学生が、鴨川べりで座っていたら蜃気楼が下流のほうに見えた、京都タワーが浮かんでいた、と語っていた。

八月の京都の暑さに勝てる者などいない。

すべての者は平等に、ただ敗者となるのみ。

連日の炎暑にやられ、身体から力が抜けていく。脳みそからあらゆる前向きな意思や意欲が溶け出し、コンクリートに焼きついた影といっしょに蒸発していく。

誰かが、「京都は毒沼のようなものだ」と言っていた。そのとおりかもしれない。「ようこそどすえ」の笑顔に釣られ、碁盤の目の町に引きこまれたが最後、初々しかったはずの若者の心は、曖昧に、確実に蝕まれていく。ただでさえ物理的サウナの如き町に暮らしながら、さらに瘴気が立ちこめる精神的サウナで心を整えること三年と四カ月と一週間。俺もすっかり毒気に当てられてしまったということか。四回生の夏休み、本来ならば目の色を変えて就職活動に励まなくては、いや、あがかないといけない時期なのに、すべてを諦め、バイトもせずにただ怠惰に日々を暮らしていても、へっちゃらな人間に成り下がってしまった。

夕方の六時が近いというのに、いっこうに暑さは落ち着く気配を見せない。町の空気は絶望的なくらいに粘っこく、Tシャツが背中にべたりと貼りつく。

八月の暑さに負け、京都という町にも負け、なぜ俺は額に汗かき、三条木屋町を目指して自転車のペダルを漕いでいるのか。

それは、多聞が焼肉を奢ってやる、という連絡を急に寄越してきたからだ。

多聞は金を持っている。本人のアルバイトの稼ぎによるものなのか、それとも彼がボーイとして働いている祇園のクラブのママさんからの小遣いなのかは、よくわからない。しかし、タダで肉を食わせてやるという誘いを断る手はない。

高瀬川に面した雑居ビルに入っている、指定された焼肉屋に到着すると、「おう、朽木」と名前を呼ばれた。すでに多聞はひとり丸テーブルに陣取り、キムチをぽりぽりと齧りながらビールを飲んでいた。

「焦げたな」

それが俺の第一声だった。

記憶をたどるに、多聞と会うのは五月の終わりに百万遍の串カツ屋で飲んで以来、およそ二カ月半ぶりということになる。

坊主頭よりは少し伸びた短髪に、ほのかに無精ひげを生やす多聞の大きな顔は真っ黒であった。

「最近、毎日、プールに通っている」

Tシャツの袖からのぞく、ムラなく日に焼けた太い腕を多聞はさすった。

「プール？　ひとりで？」

「いや、彼女と」

多聞はバイト先のクラブのママさんと付き合っている。確か、ママさんの年齢は二十九歳だ。ママさんには、形式上付き合っている金持ちの男性がいるのだという。でも、多聞とも付き合っているのだという。

「今日って、お前の奢りだよな」

席に着く前に改めて確認すると、「朽木に相談がある」と多聞はうなずきつつ、メニューを広げた。

「彼女がらみの話か？」

妙な関係だとは思いつつ、何だか祇園のおっかないところに触れてしまいそうで、彼女の話は深く掘り下げることなく、前回の串カツ屋会談は終了していた。

「教授がらみの話だ。研究室のことで、ちょっと聞いてほしいことがある」

「俺は文系だから、理系のことなんて全然わからんが」

多聞は理系学部に所属する五回生だ。学年は俺よりもひとつ上だが、年は同じ。つまり、彼は現役で、俺は一浪したのち、同じ大学に合格した。

「ビールでいいよな」

俺が向かいに座ると、多聞は手を挙げて店員を呼び、矢継ぎ早に飲み物と肉を注文した。

「そう言えばお前、四国に行くって言ってなかったか？　ダメ元で連絡したら、京都にいたから驚いた。彼女にフラれたか？」

おそろしいほど核心を突いた指摘に、クーラーが利いた店内に入り、やっと引いてきた汗がまたじわりと滲んでくる。

その後、運ばれてきたうまそうな肉を焼きながら、相手の相談を受けるはずが、なぜか俺が彼女にフラれた顚末を語ることになった。多聞は大きな目をぱちくりさせつつ、要所要所で「おうっ」「おうっ」と妙な合いの手を入れ、俺の話を聞いた。

塩タンをロースターに押しつけ、己語りを続けていると、まるで自分のしみったれた話がそのまま肉の焦げ跡へと炭化していくような錯覚に陥った。「焼けろや、焼けろや」と自虐的な気分に浸りながら、端がカリカリになった塩タンを口に放りこみ、ビールで腹へと流し去った。十日前に彼女にフラれてから、栄養を摂取したらそれでよいとばかりに、納豆ごはんに生卵を投入したものばかりを食べていたので、ひさびさのちゃんと肉の味がする肉は、心底うまかった。まるで竜宮城に招かれた気分で、俺はプライベートの話を垂れ流す代わりに、ひたすら舌鼓を打ち続けた。

　あらかたの話が終わったところで、

「なるほど」

　と二杯目のビールジョッキを飲み干し、多聞はぷふうと上気した頰を膨らませた。

「何が、なるほどだ」

「お前のスケジュールはわかった。お盆のあたりまで何の予定もない。八月はずっと京都にいるということだ」

「何の話をしている」

「俺の話だよ。研究室のことで相談があると言っただろう」

　多聞は店員を呼び止め、「おかわり」とジョッキを掲げて見せた。

「俺は五回生だ。留年野郎だ」

　多聞はおもむろに自己紹介を始めた。

「知ってる」

「お前にはまだ言っていなかったけど、企業の内定をもらった」

「え、そうなの？」

いつの間に、と完全に虚を突かれた俺に、多聞は耳にしたことがあるような、ないような、カタカナの会社の名前を告げた。外資系のコンサルティング会社だという。

「よく、受かったな——。五月に飲んだとき、ひと言もそんな話なかっただろ」

破戒僧の如き野性的な顔に、ムフフと不敵な笑みを浮かべ、多聞はロースターの上に新しい肉をじゅうと並べた。

「そういうわけで、来年、俺は卒業しなくてはいけない。でも、今のままだと卒業できない」

「卒業式まで、まだたっぷり時間はあるぞ」

「問題は研究室だ」

多聞が説明するところによると、文系とは異なり、理系の学生は四回生の時点で研究室に所属することが必須なのだという。なぜなら、研究室にある機材を使って実験を重ね、そこで得たデータを元に卒業論文を作成し、それが教授に認められてはじめて卒業への扉が開かれるからだ。

しかし、多聞は五回生の留年野郎だ。四回生までほとんど学校に行かず、祇園バイトに精を出しつつ、ふらふらと過ごしてきた。いちおう研究室に所属してはいるが、実質、幽霊学生をこれまで続けてきた。

卒業するためには、幽霊から人間に戻り、卒業論文を書かなくてはならない。卒論の完成には、実験をサポートしたり、助言を与えたりしてくれる、研究室のメンバーの協力が不可欠だ。されど、頼りになるはずの同期の友人たちは軒並み卒業し、まわりは知らない後輩の四回生ばかり。そこで多聞、内定ゲット後は足繁く研究室に通い、後輩や院生たちの実験機材の清掃を進んで手伝い、心を入れ替えたことをアピールし、ひたすら周囲からの好感度をアップさせることに努めた。

すると、その働きぶりが目についたのか、教授から「おい、多聞君、メシに行くか」とじきじきに声をかけられた。

これは好機と、多聞は学生食堂にて企業の内定をもらったこと、ついては何としても来年卒業したい旨を直訴した。

きしめんをすすりながら、黙って話を聞いていた教授だったが、

「君のような男が、三年か四年にひとり、決まってウチに入ってくる。はっきり言って、僕は嫌いなんだ。君みたいな、勉強しないくせに、いいところだけ取っていこうとする怠け者が。この時期になって研究室に現れ、得点稼ぎに励むところまで、皆いっしょだよ

――」

すべてお見通しとばかりに器を置き、ため息とともに口元を拭いた。

指紋でベタベタに曇った面の広いメガネのレンズの奥から放たれる、曇りなき眼差しの、その鋭さと冷たさに、思わず多聞は箸に挟んだチーズカツを取り落としそうになったが、そこで教授は急に表情を柔らかくした。

「ところで、多聞君、僕のお願いをひとつ聞いてくれないか——」

ふたたび器を手に取り、きしめんの残り汁を飲み干してから、教授は多聞に向かって、「お願い」なるものの中身について説明した。

「これは交換条件というやつだよ。もしも、僕のお願いを聞いてくれたなら、君に卒論の材料をプレゼントしよう。どうせ君は、卒論のテーマも決めかねているんだろ？」

限りなく図星の指摘だった。

「僕がやっている研究のなかで、データを揃えてほしい部分がある。道筋はほとんどできているから、あとは君が実験をこなせば、何とか君の卒論の体裁は整うだろう」

新たに運ばれてきた上ハラミ肉をトングでロースターの上に並べながら、

「いいのか？　そんなやり方で卒論を書いても」

と俺は多聞の話を中断して、眉間（みけん）にしわを寄せた。

「ウチの研究室は、外部に卒論を公開しないからな。教授がそれでいいと言うなら、ルール違反じゃない。結果のめどはついているが、ちゃんと実験はするし、論文も書く」

「なるほど。で、何だったんだ？　教授のお願いって」

多聞はロースターの隅に見捨てられていたピーマンを引っくり返し、

「朽木は、野球できるよな？」

と低い声で訊ねてきた。

「はい？」

「野球だよ、野球」

「まあ、できると言えばできるけど……」

大学に入学したての頃、学部のクラス対抗野球大会があった。そのとき買った安いグローブがまだ下宿のどこかに眠っているかも――、とあやふやな記憶を口にすると、「十分だ」と多聞は満足そうにピーマンをタレ皿に運んだ。

「何で、急に野球が出てくるんだ？」

焦げ跡たっぷりのピーマンを「マズい」と顔をしかめながら食べ終えると、

「お前に三万円貸していたよな」

とまたもや話の矛先を変えてきた。

ほほう、と思わずおちょぼ口になる俺の前で、多聞は座禅中の坊さんのような凪の表情を浮かべ、「人間、借りた金は忘れるが、貸した金は忘れない」と穏やかに世の真理を説いた。

「あさってだ」

「無理だ。そんな急に用意できない」

「違う。あさってに試合がある」

「試合？　何の？」

「野球に決まってるだろ。お前は俺のチームの一員として試合に出る。まさか、三万円を借りっぱなしで、俺のお願いを断るなんてあり得ないよな」

ほら、俺は焦げた野菜を食うから、お前はもっと肉を食え。今日は俺の奢りだから――、と多聞は焼けたばかりの上ハラミを一枚、俺のタレ皿に運び、

「タダより高いものはないのだよ、朽木君」

と本日二つ目の世の真理を告げた。

＊

教授のお願い、すなわち卒業との交換条件とは、

「たまひで杯で優勝すること」

だった。

たまひで杯とは何ぞや。

それは野球大会の名称である。

「野球？　こんな溶けそうなくらい暑い盛りに、外で野球？　頭おかしいだろ。俺は絶対に嫌だ」

大丈夫だ、と多聞はやけに凛々しい顔でうなずいて見せた。

「朝六時にプレイボールだから、まだそれほど暑くなっていない」

「六時？　冗談やめてくれ。起きられるわけないだろ、そんな時間」

非常識極まりない話に猛烈な拒絶反応を示したのは当然の成り行きだったが、同じくらい当然の理（ことわり）として、俺に選択の余地はなかった。

三万円の借財に、豪勢な奢り焼肉の恩。

焼肉屋が入った雑居ビルから出ると、澱（よど）んだ夜の熱気に包まれ、高瀬川はいつも以上に存在感薄く、限りなく低い水位でもって日々の営みを続けていた。不意に彼女の、いや、元彼女のスマホで見せてもらった、四万十川のなみなみと水をたたえた風景が蘇った。青い空をバックに、川を左右から挟みこむ山々が鏡のように川面に映りこみ、そこに色鮮やかなカヌーが浮かんでいた。トレッキング帽子をかぶり、パドルを握っているはずの女性が、なぜかバットを構えている絵にチェンジしたとき、

「じゃ、あさって、御所G（ごしょジー）で」

と多聞に笑顔で肩を叩かれた。

目的を完遂した満足感からか、口笛などを吹きながら、バイト先の祇園へと向かう多聞の厚みのある背中を見送ってから、俺は帰路に就いた。

三条大橋から鴨川べりに降りて、川沿いに自転車を漕ぎ続けた。

人気のない道を川音に耳を浸されながらペダルを踏んでいると、妙にしんみりとした気持ちが寄せてくるから、夜の鴨川は苦手だ。

案の定、欄干の照明を受けて闇に浮かぶ賀茂大橋が見えてきたあたりで十日前、彼女に別れを告げられたときのことを思い出した。

思い出すも何も、そこが「現場」だった。

いつもなら、大阪から京阪電車に乗って出町柳（でまちやなぎ）で下り、叡山電鉄に乗り換えて下宿まで来てくれる彼女から、「出町柳まで出て来てほしい」と連絡があった。

予感がなかったわけではない。

それなりの兆しはあった。

けれども、これまで何度も遭遇してはやり過ごしてきた、いわば渋滞のような衝突のひとつであり、今度も知らぬうちにいつもの流れに戻るものだと思っていた。

でも、戻らなかった。

雨の土曜日だった。

出町柳の駅を出てすぐの場所にある、賀茂大橋のたもとで、傘を差した彼女が待っていた。

その場で別れを告げられた。

理由を教えてほしいと頼む俺に、彼女は長い沈黙を挟んだのち、

「あなたには、火がないから」

と暗い表情で俺の胸のあたりを指差した。

「燃えて灰になったものもない。最初から、ただの真っ暗。いや、真っ暗という色すらないかも」

彼女は俺と同い年だった。現役で大学に合格していたため、すでに卒業し、春から大阪で働いていた。社会人になって、好むと好まざるとにかかわらず鎧のようなものを少しずつまとっていく彼女と、就職活動を早々に諦め、何もかもが剝がれ落ちていく自分との間に、溝のようなものが生まれているのは感じていた。

たとえば、時間への感覚。彼女が休日に計画していたことが、俺の寝坊でご破算になったときの、彼女の全部をあきらめたような暗い眼差し――。

橋の欄干に手を置くと、雨に濡れた冷たい石の感触が伝わってきた。雨雲を映して不愛想な表情になっている鴨川の流れを見下ろし、四万十川に行く日程はなくなったのだな、とそこではなかろう、ということをぼんやりと考えた。

「嫌いになる前に別れる」

目をそらさずに告げた彼女から、逃げるように先に目をそらしたのは俺のほうだった。

聴覚にも、視覚にも、まだ生々しく蘇る記憶をたどりながら、河原から賀茂大橋に上ったが、別れを告げられた場所を通るのが嫌で、道路を隔てて反対側の道を選択して橋を渡った。

あの日から、彼女からの連絡はない。俺も連絡していない。彼女が口にした別れの理由を、俺は正確に理解できないままでいる。言わんとするところは何となくわかる気もするが、ならばどうしたらよいのか、と考えると、すぐに袋小路に迷いこんでしまう。今の自分の状態をもちろん肯定はしないが、「火がないから」と言われても、自分では確認のしようがない。

焼肉屋で、どういう意味なのか、と多聞に意見を求めてみても、

「わからん」

とけんもほろろに返された。

「でも、俺にもその火はないのだろうなと薄々感じる。お前が俺に質問すること自体、間違っているよな、とも感じる。ま、焦ったところで、すぐには点くもんじゃないだろうな」

下宿に帰るなり、玄関脇の靴箱を開けてみた。

照明の光が届かない隅に、影と一体化したように黒いグローブが突っこんであった。三年ぶりだろうか。引っ張り出して左手を入れてみる。意外なくらい、指に馴染んだ。グロ

ーブの内側には、土に汚れた軟球がいっしょに挟まっていた。

社会人になってはじめての夏休みを俺と過ごす、という選択肢を彼女は拒絶した。

その結果、俺は京都に残され、四万十川を気持ちよくカヌーで漕ぎ回る代わりに、野球をする羽目になりそうである。

ボールを指と手のひらを使って回しながら、早朝の六時から多聞と野球をやっている自分を想像してみた。

掛け値なしに最悪だと思った。

＊

二日後の八月八日。

午前五時半に目が覚めた。

正確には、強制的に起こされた。ご丁寧に多聞がモーニングコールをかけてきたのだ。

土砂降りになってくれないかという期待も虚しく、部屋を出るなり、まだ白みがかってはいるが、ひと目で快晴とわかる澄みきった空に迎えられた。天気予報を調べたら、この先一週間、ひたすら猛暑が続くのだという。

すでに腕にまとわりつく空気がほのかに蒸し暑い。

前かごにグローブを放りこみ、自転車にまたがった。

下宿のある高野から御所を目指し、東大路通を下った。百万遍から今出川通に入り、賀茂大橋を渡る。彼女と別れた場所には顔を向けず、鴨川デルタと呼ばれる三角州を右手に眺めながら川を渡ると、こんな朝っぱらから、河原で体操している人やジョギングしている人が散見された。

もっとも、体操やジョギングはひとりでできる。でも、野球はそうはいかない。自チームと相手チームで、最低でも十八人のメンバーが必要になる。本当にそんな大勢が集まるのか。これは借金を返す素振りすら見せず、不誠実な対応を見せ続けた俺への懲罰として、多聞が仕掛けたイタズラではないのか。現場に到着しても、人っ子ひとりいないというオチじゃないのか――。

といったことを、まだ眠気が霞のように漂う頭に浮かべつつ、御所を囲む生け垣に沿って脇道に入ると、ほどなく古めかしい構えの門が現れた。

柱に「石薬師御門」と表札が掲げられ、黒い鋲がいっぱい打たれた扉が、内側に向かって開かれている。

目指すは御所Gだ。

そもそも、御所Gとは何か。

それは「御所グラウンド」の略、すなわち、京都御所の敷地内にある運動用広場のことである。

はじめてその名を耳にしたときは、俺も「ウソだろ？」と思った記憶がある。京都御所と言ったら、歴代の天皇が住んでいた、いわば日本の歴史の中枢だ。そんな重要な場所で野球やサッカーができるものなのか？

これが、いくらでもできるのである。

広大な御所の敷地のあちこちに整備されたグラウンドが用意され、おそらく他に正式名称があるのだろうが、学生一般には「御所Ｇ」の呼び名で知られている。学内の掲示板に貼られている、運動系サークルの勧誘ビラにも「毎週水曜日に御所Ｇで練習」などと書きこまれているのをよく目にする。

門を潜ると、正面に細かい砂利をびっしりと敷き詰めた広い道が待ち構えていた。そこに一本の細い線が引かれている。京都市民が日々、自転車を走らせることで作り出した轍（わだち）だ。

漕ぎにくい砂利を嫌って、なるべく轍を踏むようにして自転車を進ませると、右手にグラウンドが見えてきた。

錆（さ）びついた野球用のバックネットの手前に、何やら人だかりが見える。自転車を停め、前かごのグローブを拾って人だかりに近づくと、「うす」と知らない男から挨拶された。よくわからないまま、こちらも頭を下げる。

相手は、およそこれから野球をする人には見えなかった。

それでも、野球をするつもりらしいとわかるのは、派手な紫色のスーツで身を固めながら、その手にはグローブがはめられているからだ。彼の背後には同じくスーツを着て、金色のアクセサリーを胸元に垂らした金髪男が金属バットを頭の上で水平に掲げ、屈伸中だった。

異様な雰囲気を前に立ち尽くしていると、

「朽木、こっちだ」

とバックネットの向こう側から声がかかった。

顔を向けた先で、俺と同じく下はジャージ、上はTシャツという組み合わせで、多聞がバットを掲げていた。

「そっちは相手のチーム」

慌てて、彼のもとに向かった。

「おはようさん」

多聞は目元の目やにを拭いながら、「よく来た」とばかりに、にやりと笑った。こんがり日焼けしていても、まぶたのまわりが赤く、顔全体が腫れぼったい。おととい会ったときよりも、気怠げな疲れの気配が目元、口元に漂い、もともと肉づきのよい顔つきゆえ、余計にむくみとたるみが目立ち、はっきり言ってひどい面である。

「ひょっとして、仕事帰りか？」

おう、と多聞は肩に預けていたバットの先端で地面を突いた。小石に当たったか、コンと乾いた音がした。

「オッケー、九人揃ったな」

信じられないことに、俺が最後のひとりだった。多聞が声をかけると、ベンチに座っていたり、バックネットの脇に立っていたりした面々がぞろぞろと集まってきた。

「今日は、よろしくです」

多聞が頭を下げると、残りの面々も曖昧に頭を下げた。彼がこのチームのキャプテンということらしく、不揃いな円陣を組んだメンバーの名前をひとりずつ呼んでいった。ついでに野球経験者であることや、「彼は研究室がいっしょ」「バイト先でお世話になってる」といったミニ情報が付され、九人のうち四人が同じ研究室のメンバーで、別の三人が同じクラブのメンバーということがわかった。

研究室の四人は俺と同じ四回生、多聞の後輩ということになる。いずれも大学の学食で隣に座っていそうな、馴染みある雰囲気を放っていた。

一方のクラブ――、といっても部活動ではない、多聞が働いている祇園の職場の同僚三人は、夜更けの木屋町で客引きでもしてそうな黒いスーツを着こなし、一見おっかなそうな出で立ちだったが、

「タモちゃん、着替え持ってきてたのかよ」

と多聞のTシャツを横から引っ張る様子は、見た目とは異なる人懐っこさを感じさせた。

「こいつは朽木。高校からの同級生」

最後に俺が紹介された。

すでに頭の中でオーダーが決まっていたようで、多聞がメンバーに守備位置と打順を告げていく。俺はライトで九番。清々しいまでの人数合わせ用ポジションだった。

バックネットにはスコアボードが設置され、チーム名のマスには、チョークの字で先攻に「岡田」、後攻に「三福」と書きこまれていた。

「俺たち、どっちだ？」

三福（みふく）、と多聞は答えた。

「三福って誰？」

「研究室の教授の名前だ」

「岡田（おかだ）は？」

「向こうチームのオーナーさん」

多聞があごで示した先の三塁側では、スーツ姿の一団がすでにキャッチボールを始めていた。

多聞は試合が始まる前に十分間、キャッチボールの時間があることをメンバーに伝え、自分は足元の大きなバッグから、キャッチャー用のマスクなどの防具を取り出した。

「そっか、お前、キャッチャー経験者だっけ？」

いつだったか、中学時代は野球部でキャッチャーをしていたという話を聞いたことがある。俺たちの高校には野球部がなかったので、彼のマスク姿を見るのははじめてだが、なかなか堂に入っている。身長は俺より少し高い程度でも、その恰幅のよさゆえか、防具を身に纏（まと）うと急に大きく映った。

マスクを頭の上に載せながら、多聞はスニーカーの裏でホームベース周辺の土を均（なら）した。すでに左右のバッターボックスには白線が引かれている。バッテリーを組むピッチャーは、多聞の職場の先輩だった。耳にピアスを四個連ねた金髪の彼は、スーツの上着とシャツを脱ぎ、Ｔシャツ姿になっていた。されど、スーツのパンツと革靴はそのままという斬新な格好である。多聞がホームベースの後ろで、両膝を曲げて尻を落とす。だが、しっくりこないのか中腰の姿勢でキャッチャーミットを構えると、スパッと存外いい球が来た。

俺はライトの位置に移動した。御所Ｇにはフェンスはなく、ただ土と草むらの境界があるだけなので、セカンドとファーストと三角形のラインでキャッチボールをする際、立ち位置を決めかねていると、

「そんなところまでボールは飛んでいかない」

と多聞が野球経験者だと紹介していた、研究室組のファーストが笑いながら、「もっと

前でいい」と手振りで教えてくれた。

ボールを投げるのは、ひさしぶりである。思ったよりもスムーズに投げられたし、ファーストからのスピードある返球も落とさずキャッチすることができた。

試合開始前、改めてホームベースを挟んで互いのチームが整列した。朝の日差しに照らされ、相手チームの色とりどりのスーツがずらりと並ぶ様はとことん場違いであるし、威圧感もたっぷりだったが、一礼のタイミングで「お願いします」と酒やけした声ながら、はきはきとコールしたのはむしろ先方のほうだった。

朝まで仕事に励んでいたと思しき相手チームの男たちは、こちらもスーツの上着を脱ぎ、シャツもしくはTシャツ姿となって、いかにもまぶしげに目を細めながら、バッターボックスに立った。蒼白い肌に酒が残っていることを示す赤みを浮かべながらバットを振る様子は、遠目にも、太陽の下に引っ張り出された吸血鬼のように映った。

試合は一時間も経たずに終わった。

草野球の試合は七回までとは聞いていたが、五回裏のわれわれの攻撃時にスコアが2―12となった時点でコールドゲームになったのである。

敗戦後、相手チームの面々は「ちくしょー」「次は、勝つ」「寝るぞー」と陽気に叫びながら、潮が引くように去っていった。

「みんな、ナイスゲームだった」

多聞はチームのひとりずつの肩を叩き、次の試合が二日後、同じ時間にあることを伝えた。いったい、いかなるモチベーションを備えてのことなのか、誰も不平そうな顔を見せず、「また、あさって」「おつかれさん」と声をかけ合い、解散と相成った。

「あー、腹減った」

防具一式をカバンにしまいこんで、多聞は肩に担いだ。

「それ、お前のか？」

「いや、研究室の備品だ」

今から返しにいくからついでにマクドナルドに行こうぜ、と多聞が言うので、二人で自転車を並べ、百万遍に向かった。

マクドナルドの二階席で朝のメニューを食べながら、

「朽木のあのキャッチはナイスだった。俺は無理だと思ったよ」

とさっそく多聞は試合を振り返った。

キャプテン多聞はショートとレフトに経験者を配置した。その読みはズバリ的中した。相手チームの打撃は左方向に集中し、ゴロはショートが素早くさばき、フライはレフトが悠然とキャッチし、野球経験者たちでほとんどのアウトを獲得していった。ライトを守る俺の元には、四回までまったく球が来なかった。これほど右打ちのバッターが、左方向にばかり打つものだとは思わなかった。

五回の守備時に一度だけ、振り遅れたバットがタイミングよくボールを捉え、高いフライとなって、ついに俺が守るライトに飛んできた。

「フライの落下地点を予測するのは慣れないと難しいのに、よく取れたな」

あれは完全なまぐれである。

カーンと快音とともに空に浮かんだ白球を視界に捉えても、どのあたりに落ちてくるのか、まったくわからなかった。その場に突っ立っているのも変だと思い、取りあえず数歩前に進むと、急にボールが伸びてきた。慌てて後退し、めいっぱい背伸びしてグローブを掲げたら、そこに重い衝撃とともにボールが収まった。

勝因としては、こちらのチームの守備が固かったこともあるが、何よりピッチャーの差が出た。相手ピッチャーがまったくと言っていいほど、ストライクを取れなかったのである。酔いが残っていたのか、そもそもコントロール難だったのか、蒼白い顔で四球を重ね、塁にランナーが溜まったところでヒットが出るというパターンで、あっという間に点差が十点まで開いた。俺ですら四球による出塁が二回。その二回とも、その後、ホームまで帰還することができた。

「あと四試合あるけど、ま、頼むわ」

どこまでも気安く告げて、多聞はエッグマックマフィンを平らげた。

この健康的すぎる朝がまだ四回も待っている。

何とも憂鬱な気分に浸りながら、俺はオレンジジュースのストローを吸った。

＊

たまひで杯。

それは、言わば「昭和の残骸」である。

その後、マクドナルドにて、多聞の口から、おとといの焼肉では聞くことができなかった大会の詳細が語られた。多聞曰く、俺がモーニングコールを無視する可能性も捨てきれずにいたそうで、その場合はしゃべり損になるからと、あえて教えなかったらしい——。

教授と学生の関係性によりけりだが、今も教授がゼミに所属する学生を連れて、祇園の馴染みのママさんがいる飲み屋にいく、という話をたまに聞く。その教授もまた、自分が若き学生のときに教授に連れられ、祇園での酒の味を覚えたわけで、おおげさに表現するならば、長きにわたり文化の継承が行われていると言えなくもない。

多聞の研究室のボスである三福教授も、学生の頃、師事する教授に引っ張られ、祇園での居心地のよい時間の過ごし方を知るに至った。特に心の癒しとなったのは、とある芸妓（げいこ）の存在だった。アカデミアの世界は、今もむかしも弱肉強食の厳しい環境だ。研究に対する情熱の火が消えそうになるたびに、祇園で待っているその芸妓が若者の心を励まし、荒波に立ち向かう勇気を与えてくれた。

たまひで杯に参加しているのは全六チーム。

いずれも青春時代、同じ芸妓に心励まされた者たちが代表として、それぞれチームを結成し、毎年この時期に野球大会を開催しているのだという。

そう、芸妓の名は「たまひで」。

三福教授と同じように、くじけそうになった心を、たまひでのはんなりエールによって支えられ、その後見事に大成した青年は他にも大勢いた。そして齢（よわい）を重ねた今も、彼らは祇園に通っている。恩返しの如く、もしくは文化を継承するが如く、かつてのたまひでがママとして勤めるラウンジ「たまひで」に、後輩や、社員や、取引先や、教え子を連れていくのだ。

「お前も、そこへ行ったことがあるのか？」

ラウンジとクラブの違いがわからぬまま、俺はオレンジジジュースをちびちび飲みながら多聞に訊ねた。

「たまひで杯の話を持ちかけられてから、一度だけ、教授に連れていってもらった」

「会ったのか？　その伝説の元芸妓に」

「そりゃ、ママだからな。しっとりとした着物を着て、上品な語り口でおそろしくむかしの、祇園が本当に流行っていたときの昔話をしてくれたけど、退屈というか、俺はちょっとしんどかった」

　レジェンドの威光はどうやら令和の若者には届かなかった模様である。

「でも、何でたまひで杯なんだ？　彼女、野球好きなのか？」

「俺もそれを『たまひで』でママに訊いたよ。わたし野球のルールはなあんも知りません、って上品に返されたた」

「じゃ、何で」

「サッカーのワールドカップってあるよな」

「あん？」

「ワールドカップでも、ＷＢＣでも、そこらの市民スポーツ大会でも何でもいい。優勝したら、何がもらえる？」

「賞金？　いや、トロフィーか」

「それもある。だが、いちばん大事なのは栄誉だ」

　はあ、と曖昧にあいづちを返す俺の顔を見つめ、

「しょうしゃはほっぺにたまひでのままのちゅうがもらえる」

　と多聞はすぐには解読できない、呪文の如き文字列を口にした。

「しょうしゃは、ほっぺに、たまひでのままの、ちゅうがもらえる」

　いくつかに区切ってそのまま復誦したら、彼は重々しくうなずいた。

「嘘だ」

「マジだ。奴ら、大マジなんだよ。かつてたまひではみんなの憧れであり、ヴィーナスであり、太陽だったんだ。そして、今も変わらず輝いている」

「待ってくれ、『たまひで』のママは今おいくつだ？」

「レディーに歳を訊くわけにはいかないから、俺も定かなことはわからんが、野球といったら、という思い出話のターンに入ったとき、芸妓になりたての頃、巨人がＶ９の最中とかでえらい強かった、と言っていた」

「何だ、Ｖ９って」

「日本シリーズで巨人が九連覇したんだよ。王や長嶋がいた時代だ」

多聞はスマホを取り出し、「Ｖ９」とつぶやきながら、指を画面に走らせた。

「巨人がＶ９を達成したのが、ちょうど五十年前だ。芸妓は二十歳くらいからなるものらしいから――、まあ、そういうことだ」

「お前の教授は何歳なんだよ」

「三年後に定年だって、研究室の院生が言っていたから、六十二歳かな」

「およそ四十年の付き合いってことか。すごいな」

「たまひで杯も三十年以上続く伝統ある野球大会らしい」

かつては、三福教授も自らフィールド・プレイヤーとして試合に参加していたが、数年前に引退した。各チームの代表者も然り。それでも、「たまひで」のママが現役で店に立ち続ける限り、大会を存続させようというのが、各チーム代表たちの総意なのだという。

「こんなおばあさんのために何十年も野球大会を続けてくれて、恥ずかしいけど、うれしい」

とママもおしとやかに笑っていたそうな。

俺は腹の底からため息をついた。

何て、迷惑至極な連中だろう。

すでに功成り名を遂げたじいさんとばあさんとの間に築かれた、ロマンチックな絆と言うべきか、いや、老醜なる関係と言うべきか。老人たちの下らぬ競争ごとに巻きこまれ、若者は今朝も六時から御所Gに駆り出され、代理戦争ならぬ代理ベースボールに興じさせられている。無用だ。無益だ。老害がすぎる。

「つまり、六チームが総当たりで戦い、いちばん成績のよいチームが優勝する。そして、チーム『三福』が優勝すれば、教授はマドンナからご褒美をもらい、お前は晴れて卒業できる――。そういうことか？」

「そのとおりだ、朽木君。今日の相手チームの『岡田』は、祇園や木屋町に店を何軒も持ってるやり手社長のチームだった。昼間じゃなくて早朝に試合することにも理由がある。昼間は夜が主戦場の彼らはご就寝中だし、普通の会社勤めの人間なら仕事中だからな」

「今日のメンバーは何でお前に協力しているんだ？　研究室の面々も、全員卒業のピンチなのか？　みんな、お前と違って真面目そうに見えたぞ。店のお仲間は？　俺みたいにお前に借金中なのか？　こんな朝早くから普通、集まらんだろ」

そこだよ、と多聞は太い両の眉の間にしわを寄せた。

「毎年、夏休みに野球大会にエントリーすることは、研究室の恒例行事として認識されているらしい。だから、京都に残っている研究室の後輩は、比較的スムーズに協力してくれる。それでも今日は三人足りなかった。俺の店で働いているボーイを片っ端から誘ったけど、すげなく断られた。藁をもつかむ思いで、系列の店の先輩に声をかけまくって、何とか人数が揃ったわけだ」

「同じクラブって言ってなかったか？」

「詳しく言っても、研究室の後輩にはわからんだろうからな。ピッチャーの彼を誘ったら、店から若いのを二人連れてきてくれて本当に助かった」

「あの金髪の彼も朝まで働いていたんだろ？　よく来てくれたな」

「そこはギブアンドテイクってやつだ」

「お前は何をギブするんだよ」

「今はどこも人手不足だからな。自分の店の仕事が終わってから、先輩の店にヘルプで入った」

「それは……、結構キツいな」

「先輩の店は、男が酒を飲むからな――。ヘルプだからノルマはないが、飲まないとヘルプにならんしな」

試合が始まる前に比べたらマシになったが、多聞の日に焼けた顔は依然、土気色に染まっている。「眠い」と多聞が大きなあくびをしたのを合図に、俺たちは席を立ち、店の前で別れた。

湿気を帯びた不快な暑さが早くも街全体を覆い始めるのを感じながら、高野を目指し、東大路通を自転車で上った。下宿に戻るなり扇風機をつけ、そのままベッドに転がりこんだ。たとえ間に野球を一試合挟んだとしても、これは二度寝と言えるのだろうか――。眠りに落ちる寸前、たまひで杯で優勝した未来、まだ見ぬ三福教授が、まだ見ぬたまひでマから、頬に口づけされる絵を想像してみたが、人知を超えた世界の出来事のように感じられ、抽象画のようなイメージしか浮かんでこなかった。

*

八月十日、午前五時半に起床。

完全なるデジャ・ブ、二日前の繰り返しだった。

多聞のモーニングコールで起こされ、朦朧とした頭のまま着替えを済ませ、グローブを脇に抱えて外に出た。

快晴である。

下宿を出た瞬間の体感では、二日前よりほんの少し暑くなった気がする。そもそも、午前六時前なのに、気温は二十五度を超えていた。地球は大丈夫なのか。

たまひで杯第二戦の相手は、チーム「山本(やまもと)」。

多聞情報によると、嵐山と烏丸(からすま)五条にてホテルを経営している実業家が率いるチームらしい。

寝ぼけまなこのまま、惰性でペダルを漕ぎ続け、御所の門をくぐったとき、門柱の脇に立つ女性の姿が目に入った。ジーンズにTシャツというラフな格好で手元のスマホをのぞきこんでいる。どこか見覚えのある横顔だった気がしたが、下を向いているせいで定かではなく、そもそも午前六時に御所で知り合いに会う確率なんてゼロ以下だろうと、すぐさま意識から追い払った。

御所Gの手前の植えこみに、自転車が並んでいる風景もまた、忠実に二日前の再現だった。バックネットの脇に立つ多聞の顔から、酒が蹂躙(じゅうりん)したあとがさんざんにうかがえることも然り。ただ前回と異なったのは、たるんだ表情のなかにひどく難しげな色が漂っている点だ。

「どうした」

高校から数えて八年目の付き合いである。たまひでママと教授たちの付き合いに比べたら、わずか五分の一の長さだが、困っていることがありそうだとは察しがついた。

「ひとり、急に来られなくなった」

なるほど、と俺はため息をついた。

研究室のメンバーが、下宿でクーラーを利かせすぎたことにより風邪を引き、昨日から高熱を発し、床に臥せているらしい。

「朝の六時から御所に駆けつけてくれる教授への忠誠心篤い輩（やから）は、もう研究室には残っていないのか」

冗談を返す余裕もないのか、口元を歪めたまま、ううんと唸っている。

「だいたい、どうしてお前のボスは来ない？　こんな朝っぱらから若い者を駆り出しておいて、自分は今もぐうぐう寝ているんだろ？　それでいて、ちゃっかりご褒美はもらおうなんて図々しいにもほどがある」

「そこは公平性の維持のためだ」

「公平性？　何の？」

「ウチの教授はまだ野球ができるだろうけど、他のチームの代表全員がそうじゃないからな。病気療養中の代表もいるらしい。現場でハッパをかけることも、立派な戦力になるだろ？　ならば公平に、代表は試合には顔を出さない——、そういう理屈だ」

家でのんびり寝ていたい、という欲求の正当化にしか聞こえなかったが、筋が通っていると言えば通っている。

「八人じゃ、試合は無理か？」

「ただの草野球なら、相手からひとり借りたらいいが、勝敗にこだわる試合だからな。試合開始の時点で揃わなければ不成立で負けだ——」

そのときだった。

太い腕を組む多聞の背後から、女性がスマホをのぞきこみながら近づいてくるのが見えた。ジーンズとシンプルな白いTシャツに見覚えがある。先ほど、門柱の脇に立っていた女性だ。

ちょうど俺の正面の位置で、彼女はスマホから顔を上げた。

三塁側に陣取るわれわれのチームの面々をそれとなく一瞥（いちべつ）したのち、怪訝（けげん）そうな顔を見せた。「あ」と何かに気づいた様子で、今度は一塁側に陣取る相手チームの集まりに視線を向けた。すると、「そこにいたのか」とばかりに目元に笑みを浮かべ、手を振った。

相手チームのひとりが手を振り返すのに呼応して、彼女が進行方向をきゅっと変えたとき、

「シャオさん」

とまだ目覚めきっていない頭が勝手に反応した。

手にしたスマホを取り落としそうになるくらい派手に驚きながら、彼女が振り返る。その拍子に前髪が片目を覆うくらいに流れてきた。それをスマホのへりを使って横へ寄せ、数秒、俺の顔を凝視したのち、

「朽木、くん？」

とほとんど唇を動かすことなく声が発せられた。

さらに間をおかず、

「何で？」

とこちらが質問する前に訊ねられた。

「ええと、これから試合です」

挨拶代わりに左手のグローブを持ち上げながら、いや、試合は成立しないかもだった、と思い出す。

「シャオさんは？」

「友達が野球の試合に出るから、応援に来ました」

彼女が一塁側にたむろしている一団を指差すと、何人かが手を振り返した。それに対し、シャオさんがキレのある中国語で応じると、すぐさま中国語の返答が聞こえてきた。

シャオさんは中国人留学生である。

なぜ、俺が彼女を知っているかというと、彼女と同じ学部ゼミに所属しているからだ。ただし、彼女自身は大学院生で、俺より年上だ。ゼミを担当する教授の研究室に所属しているとかで、オブザーバーという位置づけでゼミに参加している。

ゼミでのシャオさんの印象はひとこと、「怖い」である。

シャオさんはゼミで随一の舌鋒を誇る。

以前、司馬遷の『史記』を扱った授業で、「烈女」という言葉に出会った（原典の表記は「列女」）。いったい、「烈女」とはいかなる雰囲気の女性なのか？　イマイチ具体的なイメージがつかめず、女子プロレスラーみたいな感じなのかな、と勝手に想像していたところへ登場したのがシャオさんだった。

「毒は溜めると身体に悪い」

中国のことわざなのか、単なる個人的信条なのかわからないフレーズを、ゼミのツイッターでのメンバー紹介で、「好きな言葉」として挙げていた。

その言葉のとおり、シャオさんはゼミの場で、出席している日本人全員がギョッとするような毒をときおり吐く。普段の会話は年下の学部生にも必ず「ですます」調を守り、いたって穏やかな物腰なのに、

「そんな話、これ以上、続けても無駄でしょう。議論のための議論になっています。暇ですか」

と言葉の偃月刀（えんげつとう）を容赦なく一閃（いっせん）させる。

　烈女だ——。

　女子プロレスラーとは対極にあるような小柄な体格ながら、ゼミにおける彼女の姿に、俺は直感した。

　司馬遷の伝えようとしたニュアンスとは少々異なるかもしれないが、彼女にとって、場の空気など、しょせんは空気。たとえ相手が教授でも、「それ、ちょっと、わかりません」と異議を唱える。その強靭な精神力はほれぼれするくらいだった。

　そんな「烈女」シャオさんが、前期のゼミ終了後の飲み会で、ぼそりとつぶやいた。

「夏の京都の暑さ、マジ最悪です。ここに残ったら、負けですね」

　そのとき、たまさかシャオさんと同じテーブルだったゆえ、「旅行とか行かないんですか？」と俺が返したら、「お金がないですよ」と口元を歪め、首を横に振っていた。話の流れで、俺も夏の予定を訊かれ、四万十川クルーズのプランを披露した覚えがある。「八月の敗者」となった今となっては、ただの黒歴史であり、どうか忘れ去っていますように、という望みもむなしく、

「朽木君はお盆の前に、四万十川に行くと言っていました」

　シャオさんはたいへん優秀な記憶力を見せつけてきた。

「あ。コイツ、夏休みに入る直前に、彼女にフラれたんです。予定は全部おじゃん。だか

ら、野球やっています」

そこへ突然、スマホから顔を上げた多聞が話に割りこんでくると、

「アイヤー」

とシャオさんは目を見開いた。

もともとの口癖なのか、それとも、多聞が「生アイヤーはじめて聞いた」と興奮しているように、日本人受けが抜群によいと知ってのことか、シャオさんはゼミの最中もときどき、「アイヤー」を口にする。その毒舌にもかかわらず、彼女が決して煙たがられないのは、「アイヤー」を発するタイミングが絶妙かつ、また声の響きが何ともかわいらしいからだ。

「朽木君は、野球がうまいのですか？」

「俺は全然です。九番ライトです」

九番ライト？　といぶかしげに復誦してから、

「朽木君のチームは、強いのですか？」

ひと目で夜職用とわかるスーツを着た、我がチームの金髪ピッチャーを興味深そうに観察しつつ、シャオさんは質問を重ねた。

強い弱い以前に、試合可能な人数が揃わない。どう答えるべきか考える途中、ふと、どうしてシャオさんはこんな朝早くから応援に来ているのか、という疑問が芽生えた。いく

ら友人の応援のためとはいえ、午前六時前の御所に来るものか？

「何でシャオさんはここに？」

俺のチームの強さよりも優先度が高い質問と彼女も認識したのか、「ああ」と小さくうなずいて、一塁側に視線を向けた。

「私の友達が、嵐山のホテルでアルバイトしています。今日は社長の命令で、彼らは野球をします。特別ボーナスが出るから、みんな張りきっています。そして、私は勉強です」

「勉強？　何のですか？」

「野球に決まってるでしょう」

わかりきったこと言わせるな、とばかりに声色が少し険しくなる。

「それだけですか？」

そこへ、またもや多聞が口を挟んできた。

どういう意味か、とばかりに、細い眉の間にしわを寄せる彼女に、

「向こうのチームの選手として、ここに来たわけじゃないですよね？」

と妙に目を光らせて訊ねた。

「当たり前です」

「俺たちと野球しませんか？」

え？　とシャオさんよりも先に、俺が声を上げてしまった。

「急にメンバーがひとり来られなくなって、このままだと試合ができません。シャオさんも、シャオさんの友達も、せっかくこんな朝早くに御所まで来たのに、無駄足になってしまう。でも、シャオさんがウチのチームで選手として出てくれたら、試合ができます」

私が？　と明らかに動揺しているシャオさんに、

「立っているだけで大丈夫です」

と多聞は力強く宣言した。

確かに二日前の試合は五回コールドとはいえ、俺のバットは一度も快音を響かせず、守ってもライトに飛んできたのは一球だけだった。もしも、あの球を追わず、ホームランになったとしても負けることはなかったはず。「立っているだけで大丈夫」という言葉におそらく偽りはない。

グローブもあるんで、と防具用のバッグからひとつを取り出し、「ほら、朽木も頼め」と多聞が耳打ちしてきたが、さすがにいきなりシャオさんを誘うのは――、と躊躇している間に、

「ちょっと、待っていてください」

と彼女はさっさと一塁側の友人たちのところへ向かってしまった。

待つこと一分。

律儀にも、小走りで彼女は戻ってきた。

「やりましょう」

敢然と放たれた決意表明に、「おお」と俺と多聞から同時に声が漏れる。

「でも、これで全部ですか？　野球は九人必要ですよね？　あなたたちは七人、私を入れて八人。まだ、ひとり足りません」

「それは少し遅れているだけで、間もなく到着する予定――」

多聞が言い終わらないうちに、

「タモちゃん、ゴメン！」

という声が聞こえてきた。

「ウチのコーちゃん、昨日、別の店にヘルプに入って、そこで酔い潰れちゃって、そのまま店で寝てるっていう連絡が来た。こりゃ、起きないわ。ゴメン！」

金髪ピッチャーの彼が、手を合わせて頭を下げている。顔色は相変わらず蒼白いが、耳の四連ピアスにキラキラと朝の太陽の光を反射させて、何だか謝り方が神々しい。

一難去って、また一難。午前六時をわずかに回ってから告げられた絶望的な知らせに、ふたたび多聞が唸り始めた。

「誰でもいいわけですよね？　私を誘うくらいだから」

今のやりとりを眺めていたシャオさんから放たれた問いかけに、

「まあ、そうですけど……」

多聞が太い眉を八の字にして、髪をゴシゴシと指で掻きむしる。

「それならば、誘いましょう」

「え？」

多聞が手の動きを止めたとき、すでにシャオさんは歩き始めていた。

今日の試合、チーム「三福」は三塁側を割り当てられていた。一塁側はラインに沿って、小さなベンチが並んでいるが、三塁側にはベンチがない。その代わり、少し離れた場所に大きな松の木が立っていて、横に張った立派な枝ぶりの下にベンチが置かれていた。

そのベンチへとシャオさんが向かっている。

そこには男がいた。

自転車にまたがり、ベンチの端に片足を置くようにして、ぼんやりとグラウンドを眺めている。

その男の隣で、シャオさんは足を止めた。「おはようございます」という声がかすかに聞こえてくる。驚いた様子で男が顔を向けた。男は三十歳手前くらいだろうか。はあ、とあいづちが聞こえてきそうな首の動きで、一方的に話しかけるシャオさんに対し、ときどきうなずいている。

ほどなく、男がまたがっていた自転車から降りた。自転車はそのままにして、シャオさんと並んで歩いてくる。

「ウソだろ……。すげえな、お前の友達」

「友達じゃなくて、ゼミの先輩な」

呆気に取られている俺と多聞の視線に気づくと、

「この人、私たちと野球やってくれますよ！」

シャオさんは張りのある声とともに、両手で頭の上に丸を描いた。

＊

子どもの頃から、南の島のハメハメハ大王の歌が好きだった。ご存知のとおり、歌の世界では、風が吹いたら学校に遅刻して、雨が降ったらお休みしてと、彼の子どもたちの暮らしはお気楽なことこの上ない。

できることなら、ハメハメハ大王一家のノリで、ただ「暑い」という理由だけで、外出の要請を断りたかった。だが、午後三時というもっとも暑い盛りの時間帯に、俺は自転車を走らせている。赤信号に引っかかるたびに「死ぬ」とつぶやきながら、相手からの指定どおり、河原町今出川の交差点からほど近い老舗パスタ屋「セカンドハウス」に到着した。

席につくなり、グラスの冷たい水を一気に飲み干し、クーラーの風を浴びて汗が引くのを待っていると、五分ほど遅れてシャオさんがやってきた。

「食後にケーキも食べるから、よろしく」

俺の正面に座った彼女も、額に汗が浮かんでいた。カバンから汗拭きシートの袋を取り出し、その一枚で首の後ろを拭きながらメニューをひととおり眺め、シャオさんは「きのこあさり」を注文。俺はアイスコーヒーを頼んだ。

彼女は昨日の御所Gでの服装とほぼ同じ、Tシャツにジーンズというシンプルな取り合わせである。

なぜ、俺がここでシャオさんとパスタデートよろしく、向かい合っているのか。

それが彼女の条件だったからだ。

すなわち、たまひで杯に出場するかわりに、昼食をおごるように、というのがチーム「三福」に参加するにあたり、改めて彼女が提示した要求だった。

彼女自身が参加してくれるだけでもありがたいのに、さらに見知らぬ男まで引っ張りこんで試合可能な人数を揃えてくれたのだ。もちろん、その要望を多聞が断るはずもなく、

「頼むわ、朽木」

と千円札を一枚握らされ、後のことは全部よろしくとばかりに肩を叩かれた。

「昨日はいい試合でした。私の友達、みんなとてもくやしがっていました。勝ったら、さらに社長から勝利ボーナスだったからです――」

細かい水滴に包まれたグラスの水をごくりと飲んで、シャオさんは薄く笑った。

彼女の言葉どおり、われわれのチーム「三福」は、ホテルグループ社長が率いるチーム「山本」を破り、第二戦の勝利もものにした。ただし、第一戦のようなワンサイドゲームではなく、互いに三振と凡打の山が築かれる投手戦で、スコアも3―2という接戦だった。

「本当にシャオさん、明日の試合にも来てくれるのですか？」

ダメですか？　と返され、そんなわけないとばかりに首を横に振る。

「シャオさんは野球が好きなんですか？」

「好きかどうか、まだわかりません」

昨日の試合、シャオさんの第一打席は死球だった。両チーム合わせて唯一の女性ということで、相手ピッチャーも緊張したのか、すっぽ抜けた球が、そのままシャオさんのお尻にぽてんと当たった。自分の足元に落ちたボールを拾ったシャオさんは、それを何事もなかったように相手ピッチャーに投げ返し、ふたたびバットを構えた。

「シャオさん、デッドボールだから」

多聞が笑いながら告げても、きょとんとした顔で振り返る。ルールを理解していないようで、審判が話しかけてようやくバットをその場に置いた。そして、三塁に向かって歩き出したので、われわれのチームの全員が「あっち、あっち」と一塁を指差すと、「ああ」とうなずいて、くるりと踵を返した。

そんなシャオさんだが、昨日、午前六時の御所Gに現れたいちばんの理由は野球を勉強するためだったという。

「シャオさんは、どうして野球を勉強しようと思ったのですか？」

そこへ、「きのこあさり」が運ばれてきた。シャオさんはスプーンとフォークを器用に使い、あさりの殻から身を取り出していく。

「研究のためですね」

「研究？　野球のですか？」

「大学院で、私は日本のプロスポーツの歴史について研究しています。なかなか、中国ではプロスポーツが発展しません。どうして、日本ではプロスポーツがうまくいっているのか、その理由を研究しています。だから、日本での歴史が長い、野球について勉強しようと思いました。実際に試合を見ることができるチャンスだったから、昨日は御所に行きました」

そう言えば、シャオさんが大学院で何を研究しているのか、これまで聞いたことはなかった。そんな内容を扱っていたのか、と俺が感心していると、彼女はフォークにからめたパスタをひと口にすすり、

「オリコンダレエ」

といきなりおっさんのようなダミ声を発した。

まわりの客が一瞬、何事かと視線を向ける。

「な、何ですか、それ」

「私がはじめて覚えた日本語です」

「オリコンダレエ——が？」

そうです、とシャオさんがフォークを皿に戻した。

「ずっと、野球には興味がありました。細い棒でボールを打つ。それから走る。四角い盤の上で、止まる。なぜ、打った人は、もっと走らないのですか？　なぜ、打った人は、次の打つ人が登場したとき、投げる人が一球投げるたびに、四角い盤から少し動いて、また戻るのですか？　次の打つ人が大きく打ったとき、四角い盤の上に立つ人たちが、みんな走ります。そのまま走り続けるときがあります。でも、元の盤まで戻ってくることもある。あれはなぜですか？」

シャオさんが疑問に思っているシチュエーションは何となく理解できた。でも、野球ならではの独特なルール——、牽制（けんせい）であったり、リードであったり、タッチアップであったり、専門用語を知らない相手に状況を説明するのはことのほか難しい。「ええと、それは」と声を発したきり次の言葉が出せずにいる間に、シャオさんは「きのこあさり」をきれいに食べ終わり、

「ケーキ、行きます」

と席を立った。入口近くのショーケースをじっくりのぞいてから、店員に注文を済ませ、

戻ってきた。

「昨日は、人生で二度目の野球でした」

「二度目？　これまで、どこかで野球をしたことがあったんですか？」

「いえ、一度目は見るだけです」

「プロ野球ですか？　それとも、甲子園で高校野球とか？」

違います、とシャオさんは首を横に振った。

「北京（ペキン）です」

「北京？」

「はい、二〇〇八年の夏でした」

「よくスッと出てきますね」

「北京の人間なら、誰でも覚えています。中国ではじめてオリンピックがあった夏ですから」

ああ、と俺はアイスコーヒーを口に持っていく動きを止めた。

「俺――、そのとき、小二でした」

「私は小学六年生です」

二〇〇八年、北京オリンピック。

俺が生まれてはじめてオリンピックという存在を認識したのが北京五輪だった。

運ばれてきたミルクレープとアイスコーヒーをのぞきこみ、「いいですね」と目元まで覆う前髪を脇によけた。

二〇〇八年当時、北京に住んでいたシャオさんは、学校単位でオリンピックの観戦に行くことを知り、何カ月も前からその日を心待ちにしていた。

しかし、期待は困惑へと変わる。

なぜなら、シャオさんの学校に割り当てられた観戦競技は、それまで聞いたこともないものだったからだ。

観戦当日、見たことのない形の競技用フィールドを囲むスタンド席に、子どもたちは座らされ、そこで試合を見学するよう指示された。されど、引率の教師を含め、誰ひとりとして目の前で行われている競技のことを知らない。盛り上がっているのか、盛り上がっていないのかすら把握できぬまま、時間だけが過ぎていく。観客のほとんどが中国人だったが、おそらく全員ルールを理解していなかっただろう。子どもたちは次第に飽き、グラウンドで何が行われているかそっちのけで、おしゃべりに興じ始める。何しろ、目の前で行われているのは、「野球」なる未知のスポーツであり、日本対オランダという自分とは何の関係もない対戦カードだったからだ。

異様に長い試合時間に、シャオさんも観戦するのが徐々に苦痛になってきた。

それに眠くもあった。

静かに観戦しましょう、という引率の先生の言いつけを守り、シャオさんは左右のクラスメイトとはしゃべらずに我慢していたが、集中力もそろそろ限界を迎えようとしていた。

そのとき、妙な言葉が聞こえてきた。

「オリコンダレエ」

声の主はすぐにわかった。

斜め前方のあたりで、まわりは誰もが着席しながら観戦しているのに、ずんぐりとした体格の大人の男性が立ち上がり、右手をぐるぐると回し、

「オリコンダレエ」

とふたたび叫んでいる。

「放りこんでやれ」

この段に至ってようやく、俺はシャオさんが聞いた「はじめての日本語」の正体を知った。

ダミ声成分の強い「オリコンダレエ」が、果たして応援なのか、それともブーイングなのか、言葉の調子だけでは理解できなかった。シャオさんは、それからも男性を観察し続けた。引率の教師同士が「あれは日本人だ」と話しているのを耳にして、「オリコンダレエ」が日本語だと知った。日本人は喜怒哀楽を表面に出さない、冷たい人種だというイメージを持っていただけに、喜怒哀楽のすべてを解き放ち、周囲の目もいっさい気にせず、ひとり大声を放ち、全身で応援を続ける男性の姿をシャオさんは驚きとともに見つめた。

「その試合、どっちが勝ったんですか？」

「わかりません。夜の九時になる前に、生徒は退席しました。試合の途中でしたが、みんなやっと家に帰れる、とよろこんでいました」

シャオさん曰く、それは自分にとってはじめての異文化体験だった。

要因は他にいくつも存在し、それらが複合的に紡ぎ合った結果ではあるが、もしも、自分が日本の大学院で勉強することになったきっかけは何かと訊ねられたのなら、オリンピックの野球場での「オリコンダレエ」に端を発する、と答えます――。

思いもしない日本文化（？）との邂逅（かいこう）を紹介したのち、最後のミルクレープの切れ端を名残惜しそうに口に運んだシャオさんは、

「ごちそうさまでした」

と深々と頭を下げた。

「いえ、これは約束ですから」

俺が慌てて背もたれから身体を起こすと、

「では、あと三回も、ごちそうしてもらえるのですね」

シャオさんは面（おもて）を上げ、にやりと笑った。

「明日も勝ちましょう。チーム『三福』、加油（ジャーヨウ）！」

＊

多聞によると、たまひで杯にエントリーする六チームの代表者は、たとえるならば六角形の頂点であり、六角形の中心には、かつて「たまひで」という名前だった元芸妓の女性がいる。それぞれの頂点と中心の間には、四十年という歳月が紡いだ太い補助線が引かれている。一方で頂点同士の関係もひと筋縄ではいかない濃さを有していて、彼らはときに友人、ときにライバルといった様々なかたちで切磋琢磨し、今日のそれぞれの繁栄を築き上げるに至った。

なかでも多聞の研究室のボスである三福教授と、同じ学部に所属する太田（おおた）教授との四十年にわたるライバル関係は、通称「オタフク戦争」と呼ばれるほど苛烈なものだった。

二人は大学で同じ教授のもとで学び、同じタイミングで「たまひで」に出会った。アカデミアの世界で生き抜くためのエールを背中に受け、二人は大学に残り、熾烈な出世競争を勝ち抜き、ともに教授に昇進した。立身出世を果たす間に、いかなる戦いが発生し、そこに「たまひで」がどのように絡んだのか、知る術（すべ）はないが、今も二人は強いライバル関係を維持し、多聞も教授から直々に「太田にだけは絶対負けるなよ」と念を押されたらしい。何でも、二人は生涯を賭けた争いの最終決戦とばかりに、学部長の座を巡り、現在つばぜり合いの真っ最中なのだという。三福教授には、ここでライバルに土をつけ、前哨戦の代わりにしたいという俗すぎる目論見があるらしい。

しかし、今の学生はドライである。

第三戦のプレイボールを待つ、午前六時前の御所Gにて、多聞は二日前よりもいっそう難しい顔で仁王立ちしていた。

研究室組がさらにひとり欠け、多聞の他に参加はわずか二人。学部生だけではなく、院生にも声をかけたが、教授の思いなどどこ吹く風、誰もが取りつく島もなかったという。

「だいたい、ウチの教授はケチなんだよ。もっと鼻先にデカいボーナスをぶら下げないと」

多聞はそうボヤいたが、実際のところ、研究室からは卒業という特大のボーナスをちらつかされた多聞と、純粋に野球がやりたい経験者二名が残ったわけで、いったい去年までどうやってチームが成立していたのか、まったくもって謎である。

「よく、今までやってこれたな。だいたい、夏休みのこの時期に、人が集まるわけがないだろ」

「それは、教授にも言った。お盆前だから帰省する奴も多いし、毎試合九人も無理です、って」

「ボスは何て？」

「『何とかなるさ』と笑って全然取り合ってくれなかった」

確かに多聞のボスの言うとおり、二日前の第二戦はシャオさんと、もうひとり助っ人が急遽加わってくれたおかげで何とかなったが、さすがに今日は無理そうだ。何しろ、夜職組もさらにひとり欠け、金髪の彼だけの参加という厳しい状況だ。ちなみに彼の、店での源氏名は隼人（はやと）さん、年齢は二十六歳。高校では野球部に所属。明らかに酒が残ったお疲れ顔であっても、律儀にスーツ姿で登場するのは、こちらも純粋にピッチャーをやりたいがためらしい。

結局、午前六時の段階で御所Gに参集したのは、俺と多聞、野球好きの三人、そしてシャオさんのたった六人だった。

「三人も足りません。準備としてあり得ないです」

容赦ないシャオさんの指摘に、多聞は「誘える人は全部誘ったんですが」と渋い顔で腕を組み、今日も腹が立つくらいに晴れ渡った空を見上げた。

「おい、タモちゃん」

そのとき、金髪の隼人さんがバットを片手に多聞の名を呼んだ。

「あれ、えーちゃん、じゃね？」

バットが示す先に視線を向けると、ずいぶんガタが来た自転車に乗って、前回、シャオさんの勧誘によって飛び入り参加してくれた男性がこちらに向かってくるのが見えた。

「えーちゃん？」

「この前、何て呼べばいいのよ、って本人に訊いたら、『えーちゃん、でいい』って言ってたからさ」

隼人さんが「おーい」とバットを頭の上に掲げる。

自転車の彼ははにかんだ笑顔を見せ、こくりとうなずいた。二日前と同じく、松の木の下に自転車を停める。すると、彼に従うように後続の二台の自転車も停まった。

白いTシャツに作業服らしき地味な色合いのズボンという、おとといと同じ格好で自転車から降りた「えーちゃん」。さらに、遅れて自転車から二人が降りる。

まさかそんな都合のいいことが起こるものなのか、と半信半疑の俺と多聞の視線に迎えられるように、小走りで近づいてきた「えーちゃん」は「おはようございます」と一同に会釈すると、

「あの、後輩を連れてきたんで、チームの人数に空きがあったら――」

と後ろに従えた二人を手で示した。

「遠藤（えんどう）です」

「山下（やました）です」

後輩だという二人は、ともに耳の上をくっきりと刈り上げた、清潔感あふれる短い髪形で、はきはきした口調で名乗り、ぺこりと頭を下げた。

声にならぬどよめきが湧き起こった。

空きがあったら、どころではない。まさにドンピシャ、奇跡的な救世主登場のタイミングに、多聞は呆然と三人を眺め、その目は少し潤んでいるようにさえ見えた。

「ありがとう！　ありがとう！」

突然、多聞はえーちゃんに抱きついた。

それほど大きくはない体格に見えたえーちゃんだが、多聞が絡みつくようにその背中をばんばんと叩くと、彼とさほど変わらぬ横幅を持っていることが知れた。肉づきがよい多聞と違って、骨格ががっしりしているのだろう。

グローブは持ってきていないというえーちゃんに、多聞はすぐさま防具を収めたバッグから、ちょうど三つ入っていた予備のグローブを取り出した。

かくして、土壇場で九人が揃った。

試合開始前の十分間、俺はシャオさんと助っ人の遠藤君との三人でキャッチボールをした。シャオさんは二千円で買ったばかりというグローブで案外上手に球をキャッチする。投げるついでに、遠藤君に向かって「大学生ですか？」「学部はどこですか？」「下の名前はなんですか？」「野球は上手ですか？」と容赦なく質問をぶつけた。遠藤君は戸惑った様子ながら、同じ大学の法学部に通う二十一歳で、同行の山下君とともに野球経験者であることを教えてくれた。「えーちゃんの後輩って、何の後輩ですか？　大学ですか？」という問いには、自分ではなく山下が工場で働いていて、彼の工場の先輩がえーちゃんであり、ときどき山下経由でえーちゃんの誘いをもらって野球をする、自分は山下と同じ中学校出身で彼は後輩に当たる、と三人の関係を教えてくれた。

「よくこんな朝っぱらから来ようと思ったね」

キャッチボールを終え、ベンチに戻る途中に遠藤君に話しかけたら、ひさしぶりに野球をやりたいと思ったんで、とさわやかに白い歯を見せた。山下君とともに、えーちゃんと同じ白いシャツに作業服ぽいズボンをはいているのは、夏休みの間だけ、山下君のツテでもって、えーちゃんの工場でアルバイトをしているからだ、と教えてくれた。

改めて九人で円陣を組み、先攻であることを告げた多聞は、

「向こうのチーム『太田』に学部の知り合いがいて、聞いた話だけれど、ピッチャーが甲子園出場経験者らしい。ウチとの対戦のために、太田教授が頼んで、社会人リーグから助っ人で呼んだそうだ。他にも三人、同じ社会人リーグメンバーが含まれている」

と渋い顔を相手チームに向けた。

チーム「太田」も主体は研究室の学生たちだろうから、熱意の程度もこちらと同レベルだとは容易に推測できる。当然、人数が揃わず、助っ人を頼む流れになったのだろうが、そこで社会人リーグから呼ぶというのは、しかも甲子園経験者とは大人げない。同じく学部長選への前哨戦と捉えているのか、太田教授の勝利への執念も相当なものである。

相手チームの助っ人連中は一目瞭然だった。

青と白を基調にした揃いのユニフォームを着て、野球帽をかぶる四人が、どっかりと一塁側ベンチに腰を下ろしている。体格も俺のようなもやし体形とは対極の、むっちりとした、いかにも腕力に覚えがありそうな身体つきが揃っていた。

互いに整列して一礼したのち、相手チームのユニフォーム姿の二人が、ピッチャーとキャッチャーのポジションに向かった。ぐるぐると肩を回してから、よく日に焼けた顔のピッチャーは滑らかな動きで一球、二球と放った。どれも軽く投げたように見えたが、これまでの二試合とは明らかに質が違う軌道で、パンッと鋭い音を発し、白い球がキャッチャーミットに吸いこまれた。

それを見ていた多聞は声にならぬうめきを発したのち、メンバーの打順と守備のポジションを発表した。

俺はセンターで八番、シャオさんはライトで九番。

「今日はボールが飛んできそうですね」

シャオさんは緊張した表情で、グローブを頭の上に帽子のように載せた。

二日前の第二戦は投手戦だったこともあり、外野に打球が届くこと自体がまれだった。シャオさんが即席で守ったライトには、それこそ一球も飛ばなかった。かくいう俺も、ライトからセンターに移ったが、ショートが弾いたゴロの球を一度拾っただけで、守備らしき守備をした覚えはない。

アンパイアマスクをつけた審判がプレイボールのコールを告げた。多聞によると、毎年、資格がある人に審判をお願いしているらしい。

先頭打者は金髪の隼人さんである。足の幅は広く取り、腰を低く落とし、いかにも運動神経がよさそうなリズムの取り方が頼もしい。

ピッチャーが投げる。

空振り。

二球目はボール。三球目はバットにかすって、ぼてぼてのファール。

四球目。豪快に空振りして三振。

「あいつ、フォーク投げやがった」

苦笑しながら帰ってきた金髪の彼の言葉に、シャオさんがどこまでわかっているのか、「アイヤー」と声を上げた。おそらく、彼女が中国人とは気づいていなかったであろう、えーちゃん、遠藤君、山下君の三人が、同じタイミングで驚いた顔を向けていた。

＊

一回表、チーム「三福」の攻撃は三者凡退。

三番でバッターボックスに立った多聞に至っては三球三振で、めずらしく「クソッ」と怒気を含んだ声を発し、戻ってきた。

早くも押され気味の雰囲気が漂うのを振り払ったのは、わがチームのエースだった。甲子園経験者に負けじと、隼人さんが見事な力投を見せてくれた。Tシャツにスーツのパンツという取り合わせはこれまでと同じだが、そこにニューヨーク・ヤンキースの野球キャップが新たに加わり、さらに足元が革靴からスニーカーへと変わった。スニーカーを履くことで踏ん張りが利くようになったのか、以前の二試合より球のスピードとキレも上がったようだ。キャッチャー多聞とのコンビネーションも上々で、テンポよいピッチングでゴロを打たせ、俺とシャオさん以外の野球経験者が手堅く守ってアウトを取るというスタイルで、三回裏を終えた時点でスコアは0―0。非常に引き締まった試合展開のまま、序盤はあっという間に過ぎ去った。

実は、心ひそかに期していたことがあった。

それは、初ヒットを打つこと。

これまでの二試合、俺の打撃成績は三振と四球のみで、バットにボールが当たったのは、ファールの一度きり。三度目の正直ならぬ三試合目の正直、そろそろヒットを打って出塁したい――。

そんなささやかな希望を胸に、今朝も五時半に起床したわけだが、相手が悪かった。

第一打席は、あえなく三球三振。

生まれてはじめて変化球攻めというものを経験した。正直に言うが、ロクに球が見えなかった。見えないものを打てるはずがない。タイミングが合っているのかどうかもわからぬまま、むやみにバットを振るも、むなしく空を切るばかり。続くシャオさんも三球三振だったが、こちらは一度もバットを振らなかった。見逃し三振に終わっても、何事もなかったかのようにバッターボックスに立ち続けているので、キャッチャーから声をかけられ、「馬鹿にされた。笑われました」と憤慨しながら、戻ってきた。

六回裏を終えても、試合は動かず０―０のまま。

われわれが零封されるのは、ある程度予想できたとしても、それにお付き合いすることになるとは相手チームは思っていなかったはずだ。それくらい、われらの金髪エースが素晴らしいがんばりを見せていた。

最終回の七回を迎え、これまでにない緊張感がグラウンドを覆い始めていた。

ユニフォームを着た元甲子園投手は、三振を取るたびに派手な雄叫びを放つタイプだった。その声はじわじわとこちらのメンバーの苛立ちを掻き立てていたようで、この回の先頭打者であるえーちゃんは、

「甲子園だか何だか知らないけど、彼、うるさいね」

とぼそりとつぶやいてから、バッターボックスに向かった。

試合開始前に円陣を組んだ際、シャオさんが「こんな朝早くから野球して、仕事は問題ないですか？」と質問したら、

「仕事前の運動にちょうどいいので」

とえーちゃんはニコニコしながら答えていた。何の仕事ですか？　と遠慮なく訊ねるシャオさんに、部品工場で働いている、と言っていたことを証明するように、えーちゃんの背中は、たくましい肩甲骨と筋肉を白いTシャツにくっきりと浮かび上がらせていた。

しかし、頼もしげな構えとは裏腹に、バットはあっさりと空を切り、あっという間にツーストライクに追いこまれた。

「えーちゃん、落ち着いて、ボール見ていこう」

隼人さんの応援に続きたいが、役に立ちそうな言葉は無理だ、と思ったとき、

「オリコンダレエッ」

という荒々しい声が隣から聞こえてきた。

エールを送られたえーちゃん自身が、驚いてバットの構えをいったん解いたくらい、その声はグラウンドに鋭く響き渡った。

「オリコンダレエッ」

拳を天に突き出し、シャオさんがさらに声のボリュームを上げて叫んだ。

必要以上におっさんダミ声に染まった北京仕こみの応援を受け、えーちゃんは小さくう

なずくと、バットを構え直した。

ピッチャーが振りかぶる。

いきなり、快音が轟いた。

白球が大きく、レフト方向に飛んでいく。

どよめきとともに、全員が白線手前まで飛び出して、落下地点を見極めようと首を伸ばした。

球はぐんぐんと伸びて、レフトの頭上を超えた。歓声に後押しされるように、えーちゃんが走る。一塁を蹴って、二塁を駆け抜け、ついに三塁までも回ったとき、

「ストーップ！」

と多聞が大きく手を挙げてそれを遮（さえぎ）った。

えーちゃんが土埃を上げて急停止し、三塁ベースに戻るのと、レフトのユニフォーム姿の選手から見事な返球がショートに返ってくるのが同時だった。そのままホームに突っこんでいたら、確実に刺されてアウトになっていた。

「三球で仕留めに来たフォークを、完璧に狙い打ったなあ」

多聞は感に堪（た）えないといった様子でつぶやいたのち、

「ナイスバッティング、えーちゃん！」

と大きく手を叩いた。

三塁上で、えーちゃんははにかんだ笑みとともに、すねのあたりの土を払った。

ノーアウト三塁。

大チャンスである。

俄然、盛り上がるチームの声援を受けながら、遠藤君がバッターボックスに向かう。

相手のピッチャーは、駆け寄るキャッチャーに動揺した様子を見せず、淡々とした表情で言葉を交わしていた。キャッチャーが立ち去ったあと、虚空に向かって「ハッ」と気合を放った。

試合が再開され、第一球が放たれた。

空振り。ストライク。

一球のボールを挟み、次もストライク。

早々に追いこまれてしまった。

そのとき、

「一（イー）、二（アー）、三（サン）」

という小さな声が聞こえてきて、顔を向けると、シャオさんが熱心な視線をピッチャーに注いでいた。どうやら、投球のタイミングを計っているらしい。「一、二」で振りかぶり、「三」で投げる。めずらしく大きくボールは外れ、キャッチャーが慌ててミットを伸ばして受け止めた。

「一、二、三」

シャオさんの拍に合わせるように投げこまれた第五球。遠藤君の懐にスパンと収まった。変化球だったのか、こちらから見ると大げさなくらい遠藤君は腰を引いたが、審判が「ストラーイク、バッター、アウト!」とコールする。

今日いちばんのピッチャーの雄叫びを背に受けながら、遠藤君が申し訳なさそうに顔をしかめ戻ってきた。

何と、ここで俺の出番である。

次の打順はシャオさんだ。俺がえーちゃんを本塁に返さない限り、得点のチャンスはないと考えるのが自然だろう。

遠藤君からバットを受け取り、フンッと気合を入れると、

「朽木、ヒーローになってこい」

と多聞から背中を叩かれた。

おうよ、とうなずき、バッターボックスに向かった。

不思議なものである。野球への意気ごみなど一ミリも存在しなかったはずが、いつの間にか、「打ちたい」という明確な欲求が芽生えている。それに呼応するように、心臓が鼓動を打ち始め、二の腕が他人のもののようにこわばるのを感じた。

「ツシャアッ」

それでも、破擦音だらけの気合の声とともにバットを構え、俺は鋭くピッチャーを睨みつけた。

結果。

三球三振。

あまりにも手ごたえのない対戦だったからか、相手ピッチャーの雄叫びも、前のバッターの遠藤君のときよりかなり抑えたものになっていた。地味に自尊心を傷つけられつつ、とぼとぼと戻り、スタンバイしているシャオさんに金属バットを渡す。

すみません、と頭を下げると、シャオさんは「任せてください」と大きくうなずいた。

え？　と思わず金属バットから手を放し損ねた俺に、

「一、二、三です」

シャオさんは押し殺した声でつぶやくと、俺の手からバットを奪っていった。

そう言えば、これまでの二打席、シャオさんが一度もバットを振らず、向かってくる球筋をひたすら目で追っていたことに気がついた。

ノーアウト三塁の絶好の得点チャンスが、あれよあれよという間にツーアウトだ。

「ドンマイ」

肩に手を置いてくれた多聞だが、このまま攻撃が終わると踏んだか、防具をつける用意を始めた。

どこかぎこちなくバットを構えるシャオさんに、ピッチャーが一球目を投げる。

スパンと軽快にキャッチャーミットに球が収まった。ストライク。

やはり、シャオさんは微動だにしない。

じっとピッチャーを見つめ、口元で何事かつぶやいている。きっと「一、二、三」を繰り返し、球筋を見極めようとしているのだ。

二球目、ストライク。

相手ピッチャーは、女性との対戦であってもまったく遠慮はない。ただし、シャオさんの身長が百五十センチ台前半で、ストライクゾーンもそれに応じて小さくなるからか、スピードは少し抑え気味のようだ。

きっと、ピッチャーはシャオさんにフォークを投げない。なぜなら、彼女は今日一度もバットを振っていないからだ。変化球を投げて下手にボールになるなら、手早く直球で仕留め、このピンチを切り抜けようと考えるはず——。

という俺の読みが、当たっていたのかどうかはわからない。

三球目、シャオさんははじめてバットを振った。

傍目(はため)には、簡単に振ったバットが、やけに簡単に球を捉えたように見えた。つまり、完全にタイミングが合っていた。

甲高い音とともに跳ね返された球は、ピッチャーの真横をすり抜けた。投球後の崩れた姿勢から、慌ててグローブを差し出したが、間に合わない。いったんワンバウンドした打球は、前がかりの守備位置を取っていたセカンドが必死で追いすがるグローブからも逃げて、絶妙なコースを描き、コロコロとセンターに転がっていった。

大歓声に迎えられ、えーちゃんがホームベースに帰ってくる。

「シャオさん、戻って！」

そこに多聞の大きな声が放たれ、何事かと視線を向けると、当然一塁で止まると思われていたシャオさんが、トコトコと二塁に向かっていた。

すでにセンターからの返球を受け取ったセカンドが戸惑った表情で、ベース上で待ち構えている。そこへまるでジョギング途中であるかのようにシャオさんが訪れ、塁の手前でタッチされた。

「アウト、チェンジ！」

審判のコールが高らかにグラウンドに轟いた。

＊

七回裏、相手チームによる最後の攻撃。

このまま、シャオさんが放った値千金のタイムリーヒットによる虎の子の一点を守り切れば、われわれのチームの勝利である。

センターからピッチャーの背中を見つめながら、何とか抑えてくれと一球ごとに念じた。

相手の打順は九番から。

ピッチャーは孤独なポジションと言うが、隼人さんが一球投げるたびに、内野を守る誰かが必ず声をかけた。即席のチームのはずが、完全にひとつにまとまった感がある。それもこれも、烈女シャオのひと振りが呼び寄せた結果だと思うと、本当に野球は何が起こるかわからない。

どこかぎこちない金属音とともに、球がぽかんと浮かび上がった。サードを守る遠藤君がファールゾーンに走りこみ、難なくキャッチする。

歓声とともに遠藤君が笑顔でピッチャーに球を返す。グラウンドのあちこちから「ワンナウト」というかけ声が響き、俺も無意識のうちにそこに声を重ねていた。

相手チームの打順は一番に戻り、ユニフォーム姿の選手がバッターボックスに入ってきた。ここから四番まで、社会人リーグの選手が四人続くという強力打線だ。

多聞が大きく両手を横に広げ、どんと来いとばかりにミットを構える。

初球、いきなり相手がバントをした。

虚を突かれ、一瞬動きが止まるも、ピッチャーが猛然と突っこみ、転がったボールを素手でつかみ、倒れこみながら一塁に送球した。

しかし、球は大きくそれ、ファーストが伸ばしたグローブのはるか先を抜け、そのまま茂みに飛びこんでしまった。

審判が手を上げて試合を止める。悪送球の際のルールがあるようで、相手チームの野太い声援を受けながら、バントを決めた選手は悠々二塁へ進んだ。

多聞が審判にタイムを要請したようで、隼人さんの元へ向かい、二人で何事か話し合っていたが、ほどなくキャッチャーのポジションに戻った。バッターがいない状態で多聞が腰を屈める。それを待って、隼人さんが足を上げ振りかぶったが、なぜか投げることなく、球を握ったまましゃがみこんでしまった。

多聞がふたたび立ち上がり、うずくまる隼人さんに駆け寄る。

「朽木」

多聞の声が聞こえてきた。俺だけではなく、内野と外野の面々に向けても大きく手招きしている。そのジェスチャーに気づかず、ライトのポジションに取り残されたように立っているシャオさんに声をかけ、隼人さんのまわりに集合するメンバーを追って走った。

「隼人さんの爪が割れた」

到着するなり、多聞が状況を説明してくれた。誤魔化して投げられないか試したが、激痛で球を離すこともできなかったらしい。

「すまね」

と隼人さんが頭を下げたが、これまで中一日でひとり投げ続け、特に今日は元甲子園投手に一歩も引かぬ大熱投だった。誰も彼を責めることなんてできない。しかも、大事な商売道具のスーツのパンツが、転倒しながら一塁に送球したせいでひどく土に汚れてしまっている。

「誰か、ピッチャーやりたい人」

多聞が訊ねるが、手を挙げる者はいなかった。研究室の野球経験がある二人も、いずれもピッチャーの経験はなかったはずで、この大一番でいきなり投げろ、というのは荷が重いだろう。多聞の視線から逃げるように目をそらし、自分たちのグローブの端をむやみに折り曲げるなどしている。

「遠藤君は投げられないですか？」

そこへいきなり、シャオさんが名指しで提案をぶつけてきた。

え、と遠藤君が驚いた顔を向ける。いや、僕はピッチャーやったことなくて、と慌てて首を振ったとき、隣に立つ山下君がちらりとえーちゃんに視線を向けた。その動きを目ざとくキャッチしたシャオさんは、

「えーちゃんは投げられますね」

とグローブの先を向けた。

唐突な指名を受けたにもかかわらず、えーちゃんは腕を組んだ姿勢で、

「かなりひさしぶりだから、わからないけど――」

と妙に表情のない顔で首を横に傾けた。

「もし、できるようなら、ピッチャー、やってもらえませんか？」

多聞が遠慮気味に訊ねると、

「ひとつ――、お願いしていいかな」

鼻の頭に指を添えながら、くぐもった声を発した。

はい、と多聞が真面目な顔でうなずくと、

「俺が投げるときだけ、それ、貸してもらえる？」

とえーちゃんは隼人さんがかぶっている野球キャップを指差した。

これ？　おう、いいよ、とすぐさま隼人さんがキャップを脱いで手渡す。ありがとう、と受け取ったキャップのエンブレムをしげしげとのぞきこみ、

「かっこええなあ、ヤンキース」

とつぶやいてから、えーちゃんは頭に持っていった。だが、サイズが合わないようで収まらない。隼人さんがひょいとキャップを取り上げ、爪が割れた人差し指だけ伸ばし、残りの指で後ろのバンドを調整してから、ふたたびえーちゃんの頭に戻した。

「頭がデカいことがバレてもうて、恥ずかしい」

口角がきゅっと上がる笑みを浮かべ、今度はすっぽりと収まったキャップを、えーちゃ

んはグローブと右手で調整した。オフホワイトの布地に浮かぶ、お馴染みのヤンキース・エンブレムが正面にぴたりと来ると、日焼けした彼の顔とやけにマッチして見えた。

「お願いします」

と多聞が土に汚れた白球を差し出す。

そのとき、かすかに「アイヤー」という声が聞こえた気がした。何事かと隣を確かめたら、ぽかんと口を開き、えーちゃんを見つめているシャオさんの顔にぶつかった。どうかしたのか、と声をかけようとした寸前で、彼女はハッと意識を取り戻し、

「投げましょう、そして、勝ちましょう！」

と口元をきりりと引き締め、拳を勢いよく突き上げた。

無言でうなずき、えーちゃんは球を受け取った。

多聞が新たな守備位置をメンバーに告げた。投げることができない隼人さんをファーストへ、そして俺とシャオさんを内野へと移動させた。もしも、外野に打球を飛ばされて俺たちが処理を誤ったら、それだけで逆転ホームランになってしまう可能性があるから、外野に経験者を回そうという作戦だ。

「基本はショートに任せる。もしも正面に球が飛んできたら、取らなくてもいいから、身体の前に落とせ。それで十分だ」

と多聞は俺の肩を叩いて、頭に載せたマスクを下ろした。前に落とすのだって結構難し

いだろ、と思いつつ、新たなポジションであるサードへと向かった。

地面に埋めこまれたピッチャー用のプレートに足を置き、えーちゃんは何度か投げるフォームを確認した。えーちゃんは打撃は左打ちだが、投げるほうは右投げだった。肩の調子が万全ではないのか、ホームベースの向こうで腰を落とした多聞が両手を広げて合図を伝えると、それまでの腕の振り方とは違う、サイドスロー気味の投げ方で初球を放った。

思いのほかスムーズな動作で投げられた球は、多聞が構えた場所にスパッと吸いこまれ、「ナイス、コントロール！」という声が上がると、えーちゃんは切れ長な目をうれしそうに細めた。

投球練習を終え、バッターが打席に入る。

もしも、ヒットが出た場合、二塁のランナーが三塁に突っこんでくる。当然、三塁ベースをカバーするのは俺の仕事だろう。そんな状況に応じたプレーの判断が俺にできるのか？　そもそも、打球が俺目がけて飛んできたら？　当たり前だが、外野に比べてめちゃくちゃバッターとの距離が近いぞ——、と緊張で身体が固まる俺の視線の先で、えーちゃんが第一球を投げた。

いきなりの暴投だった。

多聞が横っ飛びしても捕れないコースを球が抜けていく。しかし、すぐ後ろにバックネットが控えているため、金網にぶつかって落ちたところを多聞が素早く拾い、二塁ランナーの動きを確認した。俺も慌てて三塁ベースについたが、ランナーも準備ができていなかったようで、三塁を狙う動きは見せず、多聞が「落ち着いて」というジェスチャーとともに、えーちゃんに球を返した。

球を受け取ったえーちゃんは、了解とばかりにキャップのつばに手を添え、ふうと息を吐き出した。バッターがいるのといないのとでは勝手が違うのか、その後もえーちゃんのコントロールは定まらず、フルカウントから相手が球を見送り、四球を与えてしまった。

ワンアウト、一塁二塁。

相手の打順は三番――、これまでわれわれをいいように苦しめてきた、元甲子園投手の彼が大きな声援を受け、バッターボックスに入った。

えーちゃんに三塁打を打たれたことへの直接リベンジを果たすなら今しかないとばかりに、力強い素振りののち、「シャアッ」と三振をゲットしたときよりも大きな気合の雄叫びを放った。

対するえーちゃんであるが、不思議なくらい落ち着いているように見えた。一打逆転の大ピンチであるのに、まるでこの状況を楽しむかのように、目元にはかすかな笑みさえ浮かんでいる。

その場でぴょんと縦に飛んで、一度屈伸した。姿勢を戻したのち、胸を張って腕を左右に開き、肩をぐるりと回してから、キャップのつばに手を添えた。それら一連の動作は、妙に様になっていて、ピッチャーというポジションに慣れているようにも見えた。

一塁と二塁のランナーをちらりと確認してから、えーちゃんは投げる構えに入った。

わずか、三球だった。

次に聞こえてきた元甲子園投手の雄叫びは、負け惜しみの咆哮だった。先ほどの打者でコツをつかんだか、それとも緊張が取れたのか、別人のようなテンポのよさで、次々とボールを投げこんだ。決して球は速くないように見えたが、バッターのタイミングや読みを外すのがうまいのか、いとも簡単に三振を奪ってしまった。

守備陣からいっせいに歓声が湧き上がり、口々に「ツーアウト」と力強く伝え合う。俺も小さなガッツポーズつきでその輪に加わる。

多聞が人差し指を高く掲げ、勝利までのアウト数「1」を示し、それを内野、外野へと向けてから、片足を伸ばす姿勢で腰を落とした。

バッターボックスには、キャッチャーを務めていた、身長百八十センチを超える、いかにも四番打者の風格を漂わせる男が登場した。社会人リーグのユニフォームをゆるりと着こなすあたり、強打者然としたオーラを放っている。

されど、えーちゃんは気負う様子もなく、初球を投げこんだ。

鋭い打撃音とともに、いきなり一塁方向へ球が飛んでいく。

ヒヤッとしたが、ファール。

二球目は見逃してボール。

三球目、相手のバットが球を捉えるも、またも一塁側へのファールになった。

振り遅れているわけではなく、あえて右を狙っているような打ち方だなと思ったとき、相手のベンチから「タイミング、合ってる」「その感じ、その感じ」「当てたらいける。女のところ、ガラガラだから」という声が矢継ぎ早に発せられた。

どういう意味か、と一瞬、理解できなかったが、すぐさま「シャオさん」という答えに行き着いた。連中はセカンドを守る彼女を狙っているのだ。その証拠に偉丈夫の四番打者は、「守る」というよりも、そこに「立っている」と言ったほうがしっくり来るシャオさんに視線を向けながら、二度、三度と素振りして、バッターボックスに入った。

言うまでもなく、シャオさんはわがチームにとって決定的な守備の穴である。そこに打球が行けば、間違いなくヒットになるだろうし、そこから一気に逆転劇へとつながるかもしれない。でも、そこまでして勝ちたいか？　ド素人の守りを突こうなんて、社会人リーグのくせにセコすぎやしないか――？

思わず多聞にタイムを取ってもらおうと声を発しかけたとき、肩を大きく回したえーちゃんに視線が引き寄せられた。

これまでのどこか泰然とした表情が、その横顔から消えていた。

頬のあたりの筋肉が強張っているのか、薄らと日に焼けた肌に影が差し、もともと切れ長な目がすっとさらに細くなっている。右の手のひらに載せた球を指で回しながら、じっと相手バッターを睨みつけていたが、首をねじり、ちらりと背中側に立つシャオさんを確かめた。

もちろん、えーちゃんも相手の作戦を理解している――。

自分がバッティングの標的にされているなど夢にも思っていない様子で、シャオさんはえーちゃんの視線に気づくと、なぜか人差し指と小指だけを突き出す、経験者色の強い「ツーアウト」のポーズとともに、「絶対、勝ちますよ」と張りのある声を発した。

キャップのつばに手を添え、軽くうなずいてから、えーちゃんは多聞に顔を戻した。ぐっと歯を嚙みしめたことがわかる陰翳（いんえい）が、頰にくっきりと浮き上がった。ひょっとしたら、相手の卑怯とも言える攻め方に対し、とても腹を立てているのかも――。彼の気持ちが沁みこむように伝わった気がしたとき、えーちゃんは球を握っている右手を突き出した。

「真っすぐ、真ん中」

確かに、そう告げたように聞こえた。

多聞の表情をマスク越しには確かめられなかったが、バッターが驚いた顔を返したときには、えーちゃんは振りかぶっていた。

それから、足を高く上げた。

これまでのサイドスローではなく、オーバースローに変えての投げ方だったが、まるでつむじ風が巻いたような、勢いのある身体の回転とともに、下ろした彼の足が土を踏んだ音がはっきりと聞こえた。

何かが金属にぶつかったような音が響いたときには、すべてが終わっていた。

それはバットが球に触れた音ではなかった。四番打者のバットが空を切り、さらに多聞のキャッチャーミットを弾いて、バックネットに球がぶつかった音だった。

球をよけようとして、審判までもが身体を屈めていた。誰もが呆気に取られ、時間が停止したかのような静けさが、朝のグラウンドを押し包んだ。

三振の際の落球になるので、「振り逃げ」が発生する。だが、バッターは一塁に向かって走ることもせず、バットを握ったまま呆然と突っ立っていた。

金網に跳ね返った球を拾い、いったんは飛びかかるような勢いでバッターに詰め寄った多聞だったが、相手に走る意思がないと知ると、ゆっくりと添えるように四番打者の腕にタッチした。

審判のゲームセットの声が響くと同時に、内野と外野からいっせいに歓声が湧き起った。

＊

ひさしぶりに彼女から、もとい、元彼女からＬＩＮＥのメッセージが届いた。

今、高知の実家に帰っている、と四万十川の見映えの良い写真が添付されていた。「お盆は何しているの？」と訊かれたので、「野球をしている」と答えたら、「どこでやってるの？」と返ってきた。

「御所にある明治天皇が生まれた場所のすぐ隣にあるグラウンド」

と簡潔に説明したら、「暑いのによくやるね」と来た。午前六時にプレイボールだから、そこまで暑くはないわけだが、それを伝えると当然、「なぜそんな早朝から野球をやっているのか」と質問の深度が増すだろう。それを一から説明する気にはなれなかった。

「あなたには、火がないから」

彼女から告げられた別れの理由は、まだ楔となってわが胸の壁に打ちこまれたままである。

高知から京都観光に来たときに一度だけ会ったことがある彼女の母親の近況を、彼女は一方的に伝えてくる。男女の関係とは、いきなり途絶するものではなく、ふたたび無に帰るべく、穏やかに漸減していくものなのだろう。これはそのための、儀式としてのＬＩＮＥなのだ。その証拠に、彼女は別れの話題をふたたび持ち出させる隙を見せなかったし、俺もどう切りこんだらよいのかわからなかった。彼女自身、迷い続け、ようやく言葉のかたちを得たものが、あの表現になった気もする。かつてあったはずの俺への気持ちが彼女からもうなくなった、という事実を俺は受け入れている。ならば、彼女に訊ねるべきことは何もない、とも感じる。

「野球がんばってください」

というメッセージとともに、丸っこいキャラクターがバットでボールを打ち返しているスタンプが送られてきて、彼女とのやり取りは終わった。

京都に来てわかったことがある。

夏の殺人的な蒸し暑さと、冬の無慈悲な底冷えの寒さを交互に経験することで、京都の若者は、刀鍛冶が鉄を真っ赤になるまで熱し、それを冷水に浸すが如く、好むと好まざるとにかかわらず、奇妙な切れ味を持った人間刀身へと鍛錬されていく。

お盆のまっただなかに、若者たちが午前六時から野球をする。しかも、中一日で計五試合。もはや酔狂ではなく、単なる「狂」の行動である。されど若者たちは何だかんだで九人が集まり、律儀に試合を進めていく。われわれが試合をしている同時刻、他の四チームも別の会場で対戦しているそうだが、人数が足りずに失格というケースはまだ報告されていないという。

おそらく、京都でなければたまひで杯が何十年もの間、継続することは不可能だったはずだ。おかげで、三試合を通じ、バットは一度も快音を響かせず、さらには守備での貢献も第一戦でアウトをひとつ獲得しただけで、何の役にも立っていないにもかかわらず、俺は疲労感でいっぱいだ。

雲ひとつない空から降り注ぐ、常軌を逸した日差しの強さに、腕が焦がされていくのをリアルに感じ取りながら、それでもこうして今出川通を西へと向かう理由はただひとつ。烈女シャオが俺を待っているからだ。

あまりの暑さゆえか、ぼうっとしてしまい、彼女に別れを告げられた賀茂大橋の「現場」の真上をあの日以来通り抜けても、走り去ってから気づく始末だった。蟬すらダウン状態に陥ったか、河原町通に並ぶ街路樹からも、鳴き声は聞こえてこない。約束の時間に少し遅れて、前回と同じく老舗パスタ屋「セカンドハウス」に入ると、奥の席にすでにシャオさんが座っていた。

「遅くなりました」

と発したつもりが渇きのせいでうまくのどから声が出てこない。クーラーの利いた店内の空気に全身が生き返る感覚を味わいつつ、サーブされたグラスの水を一気に飲み干した。遅れてTシャツの内側から滲み出る汗をタオルで拭く間、シャオさんはひと言も発さず、手元のタブレットの画面をのぞいていた。調べ物の最中なのか、テーブルに広げたノートには、斜めに傾いた中国語がびっしりと書きこまれていた。

「注文、決まってますか？　何でも、頼んでください」

前回はシャオさんがケーキまで注文したため少し赤字が発生したが、今回は多聞から二千円をもらったので、どんと構えていられる。何しろ、決勝打を放ったのだ。リリーフを引き受けてくれたえーちゃんももちろん立派だが、昨日の試合のＭＶＰを挙げるとするならば、チーム「三福」全員がシャオさんを支持するだろう。

一日経っても、勝利の余韻はまだくすぶり続けている。まさか自分がここまで野球に肩入れするなんて予想もしなかったと思いながら、「どうぞ」とメニューを差し出すも、彼女はタブレットから視線を上げようとしない。試合のときは束ねている前髪が、今日はすべて目を覆うくらい下りているせいか、表情もどこか暗く感じられた。

「大丈夫ですか？」

ひょっとして熱中症ではないか、と顔をのぞきこむようにして訊ねたら、彼女はふっと視線を持ち上げ、

「カーブは世界でもっとも古く発明された変化球です。子どものころに、貝殻を回転させて投げて遊んでいた野球選手が、それをヒントにカーブという変化球を生み出しました」

といきなり蘊蓄（うんちく）を披露し始めた。

はあ、と戸惑う俺の手からメニューを受け取り、

「熱中症じゃないですよ」

と先手を打って宣言した。

シャオさんは前回と同じ「きのこあさり」を、俺はアイスコーヒーを注文した。

「前回、言いましたよね。今、野球の勉強をしています」

グラスの水をひと口含み、シャオさんは前髪に指を入れると、ゲゲゲの鬼太郎のように片方だけ目の前を開けた。

「夏休みに入ってからは、野球の歴史について調べています」

「ああ、だから、カーブのことを――」

「アメリカではじめてプロの野球チームが生まれたのは、一八六九年です。明治維新の次の年でした。最初に結成されたチームの名前は、シンシナティ・レッドストッキングス。日本ではじめてプロの野球チームが生まれたのは一九三四年。最初のチームの名前は大日本東京野球倶楽部でした」

すでに種々の情報が頭に収まっているようで、ノートやタブレットを見ることなく、淀みない調子で長いチーム名を一気に読み上げた。そのまま勢いに乗って、日本のプロ野球の歴史を紐解き始めるのかと思いきや、一転、彼女は黙りこんでしまった。

「どうか……、しましたか」

やはり、熱中症じゃなかろうか。顔色も普段より悪い気がする。

シャオさんは手元のタブレットに視線を戻し、指先で画面に触れ、しばらく操作を続けていたが、

「朽木君に、質問があります」

とやけに改まった口ぶりとともに顔を上げた。

自然と姿勢を正し、「はい」とうなずく俺の前に、すっとタブレットを差し出した。

「この人、です」

テーブルに置かれたタブレットには、画面いっぱいに白黒の写真が表示されていた。いかにも古そうなデザインの、白いユニフォーム姿の男性が写っている。キャッチボールの最中だろう。身体をくの字に曲げ、今まさに球を放らんとしている。

「誰ですか、この人」

「日本最初のプロ野球チームの創設メンバーのひとりです」

へえ、と間抜けな声を発する俺の前で、シャオさんは人差し指でタブレットに触れ、次々と写真をスライドさせていった。どれも同じ人物を捉えているようだが、黎明期のプロ野球のメンバーということは、先ほどの彼女の説明ではざっと九十年前になるわけで、画像は粗く、ぼんやりとした印象の写真ばかりである。

「沢村栄治(さわむらえいじ)賞って、知っていますか?」

「聞いたことあります——。ピッチャーにあげる賞でしたっけ?」

やっぱり、知っているのですね、とシャオさんは少し驚いたように目を見開いた。

「それは有名な賞ですか?」

「父親が野球好きで、小学生のころはいっしょによくテレビで野球を見ていたんで、何となくですけど、聞き覚えはあります。その年のＭＶＰなんかと並んで発表されるイメージです」

「沢村栄治賞はその年、プロ野球でもっとも活躍した完投型先発……ですか？　投手にあげる賞で、これが沢村栄治です」

「この人が？」

はい、とうなずき、彼女は俺の前からタブレットを手元に戻した。

「朽木君は、どう思いますか？」

「え？」

「それが私の質問です。今の写真を見て、どう思いましたか？」

どう思うと言われても、当時のユニフォームのデザインも、投げる際のフォームもいかにも野暮ったいというか、古色蒼然といった様子で、現在の野球とは異なる競技をやっているかのようにさえ見える。もっとも、それは白黒写真特有の、すべてを時代がかったものに見せてしまうフィルター効果のせいかもしれないが。

「そう言えば、沢村栄治は速球派というイメージがありますね。最高の投手にあげる賞に名前が使われるくらいだし。でも、さっきの写真の人が速い球を投げたようには見えなかったかも。まあ、むかしの話ですからね。今の野球とは、レベルが全然違ったでしょうし――」

お替わりで注いでもらったグラスの水を最後まで飲み干し、思いつくまま言葉を連ねる

のを、シャオさんは黙って聞いていたが、

「これは、どうですか」

とふたたびタブレットをテーブルに差し出した。

画面には、ひとりの男の写真が映し出されている。ただし、今度はカラー写真のようで、どれどれとグラスを脇に移動させ、身体を乗り出そうとすると、シャオさんはタブレットを持ち上げ、俺の目の前にぐいと突きつけてきた。

真正面から向かい合うかたちで、画面に大きく表示された顔を凝視した。

「どう思いますか？」

シャオさんが低い声で訊ねた。

男の顔には見覚えがあった。にもかかわらず、すぐに答えられなかったのは、その写真が白黒写真を人工的にカラーに彩色したものであることが、その独特な画質の粗さから伝わってくると同時に、今まで何枚も見せられた写真の男と同一人物であると気づいたからである。

「これは誰ですか？」

タブレットの向こう側から、怖いくらいに研ぎ澄まされた片目の視線が、どんな表情の変化も逃さないとばかりに、俺を捉えていた。

「これって、えーちゃん……です、よね？」

混乱しながらも、そう答えるしかなかった。そこにはどう見ても、昨日も御所Gでいっしょに野球をしたばかりの顔が映っている。

違います、とシャオさんは首を横に振った。

「これは、沢村栄治です」

「いや、どこからどう見たって、えーちゃんでしょう」

「もしも、朽木君がこの人物に会ったのなら、それは沢村栄治に会ったということになります」

「な、何、言ってるんですか。だいたい、沢村栄治ならとっくに――」

詰まった声しか発せない俺の目を見つめ、「そうです」と彼女は静かにタブレットをテーブルの上に置いた。

「沢村栄治は亡くなっています。一九四四年、フィリピンに向かう途中、アメリカ軍の攻撃を受け、彼は戦死しました」

＊

湯気をもうもうと立たせる「きのこあさり」を食べながら、シャオさんは訥々(とつとつ)と言葉を連ねた。

きっかけは、昨日の試合のピッチャー交代場面、隼人さんから借りたヤンキースのキャップを、えーちゃんがかぶったことだった。

ほんのつい最近、この白い野球帽からのぞく横顔を、何度も目にした気がした。なぜか、白黒の写真が脳裏にチラつく。日本のプロ野球の歴史を調べた際、しつこいくらいに登場した「沢村栄治」という名前。画質の粗い、古ぼけた資料写真の数々――。ゼミの教授が一目も二目も置く優秀な頭脳の内側で、約九十年前の写真と目の前の顔との照合が始まった。

おそらく結果が出た瞬間を、俺は隣で目撃していた。「アイヤー」というかすれ声。口を半開きにして、えーちゃんの横顔に釘づけになった、常ならぬ彼女の様子を覚えている。

もっとも、弾き出された「目の前に沢村栄治と同じ顔の人物がいる」という結論を、彼女はそれ以上、追究しなかった。当然だろう。今は試合に集中すべきとすぐさま頭から追い払い、大ピンチに挑むピッチャーを心から応援し、見事勝ちをつかみ取ったときは、跳び上がるくらいによろこんだ。

しかし、下宿に戻ると、一度は退場させた結論が、じわじわと存在感を増して蘇ってくる。検討するまでもなく、他人の空似と片づけて、それでおしまいとすべき、ただの偶然のはずだった。しかし、タブレットを立ち上げ、改めて沢村栄治の画像を発掘すればするほど、「似ている」を超えた同一性を感じてしまう。

決定打は古い白黒写真を、現在の技術でもって新たにカラー彩色した画像だった。

野球帽をかぶっていない、ユニフォームも着ていない、普段の様子を写した一枚を見つけたとき、思わず息が止まった。耳の上をきれいに刈り上げているがゆえに目立つ、ぴんと尖った耳の先端、切れ長な一重の目に沿うように伸びる太い眉、常にはにかんだような、やさしげな表情――、白いシャツとの組み合わせで再現されたカラー画像の姿は、御所Gにふらりと現れ、野球に興じるえーちゃんその人だった。そう、俺がいきなり顔の前に突きつけられた、タブレットに映し出されていた一枚だ。

「朽木君は沢村栄治のことを知っていましたか?」

野球界の偉人としての名前くらいだと正直に答えた。

「沢村栄治は一九一七年に生まれました。小学生のときに野球を始め、甲子園での活躍で注目されたことで、日本最初のプロ野球チームである、大日本東京野球倶楽部の創設メンバー十九名のひとりに、わずか十七歳で抜擢されます。その後、東京巨人軍と名前を変えたチームで、沢村栄治はエースとして活躍しました。十九歳のとき、日本プロ野球史上初のノーヒット・ノーランを記録します。二十歳のとき、日本プロ野球最初のMVPに選ばれました。しかし、二十一歳になる直前に一度目の軍の召集を受けます。それから二年余りの軍隊生活を経て、二十三歳でプロ野球に復帰。そのシーズンでは自身三度目のノーヒット・ノーランを達成しました。二十四歳で二度目の召集。二十五歳で帰国して半年後の試合が、彼にとって最後の登板になりました。三度目の召集により、フィリピンへ向かう輸送船に乗りましたが、一九四四年十二月二日、魚雷を受けて船は沈没。二十七歳でした」

アイスコーヒーのストローの先端を歯で嚙み潰しながら、無言で彼女の言葉を聞いた。沢村栄治が戦争で死んだという話は、どこかで聞いた覚えがある。だが、その生涯が、これほどまで野球と戦争が交互に折り重なって訪れる、時代の暗さを色濃く反映したものとは思いもしなかった。

「ニューヨーク・ヤンキース」

シャオさんは「きのこあさり」を食べ終えると、ぽつりとつぶやいた。

「沢村栄治は十七歳のときに日本代表に選ばれ、来日した大リーグ選抜との試合で、当時ニューヨーク・ヤンキースに所属していたベーブ・ルースと対戦しました。その試合は1—0で負けましたが、彼はひとりで投げきり、大リーガー相手に三振を九個も奪いました。ベーブ・ルースからもです。その投球を見たアメリカチームの監督から、大リーグに来ないかと勧誘まで受けたそうです」

すごい、と素直な感想が口からこぼれた。「はい、すごいです」とシャオさんも控えめながら、今日はじめての笑顔を見せた。

不意に、昨日の試合で、隼人さんからヤンキースのキャップを渡され、「かっこええなあ、ヤンキース」と目を細める、えーちゃんの横顔が蘇った。

「沢村栄治の活躍は、アメリカ本国でも報道され、『スクールボーイ』というあだ名が与えられました」

「沢村栄治の……、日本でのあだ名は、何だったんですか？」

テーブルの上のノートをめくり、シャオさんはすぐさま答えを探り当てた。

「チームでの呼び名は、『サワさん』だったようです」

「沢村栄治の身長って、わかりますか？」

「徴兵検査の記録では、五尺七寸四分です。それはつまり……、百七十四センチくらいになりますね」

俺より少し高く、多聞より少し低いくらいだったな、とえーちゃんの背丈の記憶を呼び起こす。まさに、どんぴしゃの数字と言えるかもしれない。

「もう少し――、質問してもいいですか？」

どうぞ、ノートのページをめくりながら、シャオさんはうなずいた。

「沢村栄治がエースだった東京巨人軍って、読売ジャイアンツ――、要は今の巨人のことですよね？」

「はい。彼の活躍を称え、沢村栄治の背番号14番は巨人の永久欠番です。日本プロ野球で最初の永久欠番になりました」

「彼と京都って関係がありますか？　たとえば、京都に何かしらゆかりがあるとか――」

質問の意図をつかめないのか、シャオさんは顔を上げ、少し首を傾けた。

「巨人の本拠地は東京です。シャオさんは知らないかもしれませんが、巨人はこっちでは相当嫌われています。むかしほどではなくても、今もアンチが多いです。だから、もしもですよ。まあ、あり得ないですけど――、もしも巨人の大エースだった沢村栄治がもう一度、野球をする機会があったとするなら、それは京都じゃなくて、東京じゃないかな、って思うんです。すみません、変な質問しちゃって」

俺がごまかすように笑い声を上げるのを遮り、ありますよ、とシャオさんはあっさりとうなずいた。

「え？」

「沢村栄治の出身地は三重県の宇治山田です。小学生のときに投手としての素質を見こまれ、小学校卒業後、京都の学校に進みました。そこに在学中、甲子園には三度、出場しています。最後の召集を受けたとき、彼は京都の伏見連隊に入営しました。どうでしょう。京都にゆかりがある人物と言えないでしょうか？」

京都の学校から甲子園に三度出場。さらに十七歳で日本代表に選ばれ、ベーブ・ルースを三振に仕留めたのなら、当時の京都では英雄扱いだったはずである。これまで、いっさい持ち合わせなかった「沢村栄治と京都」というイメージが、降って湧いたかの如く脳裏

に広がっていくことに困惑しつつ、

「結局――、シャオさんはどっちなんですか？」

預けられたボールを無理矢理押しつけるように、相手に投げ返した。

「どっちとは、どういう意味ですか？　表現が曖昧で、発言の意図がよくわかりません」

ゼミで幾度となく目にしたことのある、発言者の不正確な表現に対し、容赦なく不備を指摘する場面そのままに、彼女は鋭い視線を向けた。

「ええと、つまり――、二人は単なる空似なのか、それとも空似とかじゃなくて、もしかしたら本当に……」

最後まで続けることができず、「いえ、何でもないです」と言葉を引っこめた俺を、シャオさんは無言で見つめていたが、急に席から立ち上がった。

「デザート、頼んでもいいですか」

もちろんです、と気圧(けお)され気味にうなずくと、彼女は足早に入口付近のショーケースに向かった。

ふう、と詰めていた息を吐き出し、もう何も残っていないアイスコーヒーのストローに口をつけた。汗はとっくに引いていた。それどころか、クーラーが利きすぎているのか、肌寒ささえ感じるくらいだ。腕をさすりながら、だいたい言い出しっぺはシャオさんなのに、さんざん俺を振り回しておいて、肝心な部分は何も口にしようとしないのは、どういうわけなのか――。相手の真意がつかめぬまま、テーブルに置き去りにされたタブレットに視線を落とした。

野球帽をかぶった、凜々しいユニフォーム姿の沢村栄治が、置き去りにされたかのように画面に映し出されていた。素材が今のものとは違うのか、やけにしわっぽいユニフォームを身に纏い、振りかぶるポーズを取る白黒写真の人物は――、まごうことなくえーちゃんだった。

だが、どう考えたってありえない。

時代を超えたそっくりさんに出会った。それ以上でもそれ以下でもないはずなのに、シャオさんの前では口にできなかった言葉の続きが、心の内で勝手に声を発し始める。

もしかしたら本当に――、えーちゃんは沢村栄治本人で、俺たちは沢村栄治と野球をしたのですか？

もしもそうならば、彼は三度も甲子園に出場し、わずか十七歳でベーブ・ルースに勝負を挑み、三振を奪い取った男です。元甲子園投手であることを鼻にかける相手など、さぞしゃらくさく映ったはず。得点欲しさに、わざとシャオさんの守備を狙う連中なんて、野球人としての風上にも置けぬと感じたはず――。

昨日の試合で、えーちゃんが投げたラストボールを覚えていますか？

相手の四番のバットは空を切り、多聞は球をキャッチすることができず、俺は球自体が見えませんでした。

あのとき、俺たちは沢村栄治の本気の一球を見た、ってことですか？

＊

熱中症になっていたのは、シャオさんではなく、俺のほうだったのかもしれない。

目を開けたまま、夢を見るような気分に陥っていたところへ、

「大丈夫ですか？」

と席に戻ってきたシャオさんに声をかけられ、思いきり身体をびくりと震わせてしまった。

「だ、大丈夫です」

取り繕うように、何を頼んだのですかと訊ねた。

「キャロットケーキです」

依然、顔の表情は固いままだが、食欲は健在のようである。

「あの、えーちゃんのことですけど」

はい、とシャオさんがうなずく。

「帰り際に多聞がしつこく誘っていたから、きっと明日の試合も、三人は助っ人として来

てくれると思います。だから明日、山下君にこっそり話を聞くのはどうですか？　えーちゃんと同じ工場で働いているらしいから、ひょっとしたら、えーちゃんのＳＮＳアカウントを教えてくれるかもしれない。『栄倉（えいくら）』という名前だから、えーちゃんなのかもしれない。そうだ、遠藤君の連絡先を聞いておけばよかったな。法学部らしいし、これから大学で会うこともあるだろうし――」

なぜか、シャオさんが戻ってくる前に頭に浮かべていた内容とは正反対のベクトルを向いた言葉ばかりが、とりとめもなく口を突いて出てくる。遠藤君は確か二十一歳と言っていたから、俺と同じ四回生だろうか。就職先はもう決まっているのか？　それとも法学部だから、弁護士あたりを目指しているのか？　見るからに真面目そうな好青年だし、夏休みに早朝から工場バイトを入れるような根性もあるし、当然のようにいいところに決まったか、ちゃんと地に足つけてこれからを見据えていそうだな、とひとり勝手に酸っぱい気分を味わっていると、

「法学部に、遠藤君はいません」

という低い声が耳に滑りこんできた。

「え？」

「そもそも、私たちの大学に遠藤君は在籍していません」

何を言い出すのかと戸惑う俺の視線を遮るように、シャオさんは目を閉じた。

気分でも悪いのか、と声をかけようとして、言葉を呑みこんだ。なぜだろう、不意に予感がした。この店に入ってからのシャオさんの行動――、俺をある方向へ誘導しているかのようで、いざこちらが一歩踏み出すと、その先から逃げるようにして消えてしまう。その不可解な行動に、終わりが告げられそうな気がした。

店内で流れるジャズが次の曲に移っても、シャオさんは目を閉じていた。結局、お待たせしました、と店の人がキャロットケーキとホットコーヒーを運んでくるまで沈黙の時間は続いた。

キャロットケーキを、もちろん目を開けて、彼女はじっくりと味わった。ホットコーヒーにミルクを垂らし、慎重にカップのふちに唇を近づけた。二日前のアイスコーヒーではなく、ホットコーヒーを頼んだのは、シャオさんも俺が感じる肌寒さのようなものを共有しているからかもしれなかった。

「朽木君」

コーヒーカップを置き、何かを決意したかのように俺の名前を呼んだ。

「遠藤君の下の名前を覚えていますか？」

昨日、試合前のキャッチボールの時間に、シャオさんが矢継ぎ早にぶつけた質問のなかに含まれていた気がするが、思い出せない。

「『みよじ』です」

「そうだ――。あまり聞かない名前だから、めずらしいと思ったんです」

「私は聞き取れませんでした。『名字』と勘違いして、変な名前だな、とあとで遠藤君に確かめました。遠藤君は地面に書いて教えてくれました」

シャオさんはノートを手に取り、開いたページを俺の前に差し出した。簡体字の中国語がみっしりと並ぶ一角に、「遠藤三四二」という名前が丸で囲まれていた。

「なるほど、これで『みよじ』か……。ずいぶん古風な名前ですね。いや、一周ぐるっと回って、今はオシャレなのかな」

俺の適当な感想には反応せず、シャオさんはどうかしたのかと心配になるくらい、ノートの名前をじっと見つめていたが、

「でも、大学に在籍していないって、どういうことですか？　俺たちにウソをついていた、ってことですか？　朝の六時から？　何で？」

という問いかけに、やっと顔を上げた。

「遠藤君は私たちの大学には在籍していません。在籍していた、が正確な表現です」

「在籍していた？　それはもう大学を辞めているって意味ですよね？　それとも、卒業生？　いや、二十一歳じゃ、卒業は無理か」

「大学を辞めてはいないし、卒業もしていません」

入学後、退学もせず、卒業もせず、それでいて在籍もしていない。そんななぞなぞのよ

うな状態を許す仕組みが大学にあっただろうか？　そもそも、昨日はじめて会ったばかりの相手について、どうしてシャオさんはそこまで把握しているのか。

「遠藤君と前から知り合いだったんですか？」

いいえ、と首を横に振り、シャオさんはノートの下敷きになっていたタブレットを引き抜いた。指でしばらく操作してから、「見てください」と俺の前に差し出した。

「遠藤君が法学部に在籍していた記録です」

名簿だろうか。白い背景の画面に、細かい字で名前が横一列にずらりと続いていた。

「ここです」

シャオさんが指差した先には、確かに「遠藤三四二」という名前が縦書きで記されていた。ラインが引かれた下段に所属学部だろう、「法・政治学」とある。法学部にこんな分け方あったっけ？　と引っかかりつつも、さらに下へたどると、「在学中」という文字にぶつかった。

「なんだ。在学してるじゃないですか」

いったいシャオさんは何の話をしていたのか、と肩透かしを食らった気分で顔を上げようとしたとき、

「もうひとつ、下です」

という妙に緊張感を帯びた声に止められた。

見えない手に頭を押さえつけられたように、視線を画面に戻す。「在学中」の下段に、

「一九四四年　四月一二日」

といきなり古い日付が登場した。左右も「一九四五年　六月二七日」「一九四四年　一一月一五日」と似たような日付が並んでいる。いったい何の記述なのか、ますます見当がつかずにいると、その下段に「北支」という見慣れない単語が置かれていた。

「北支？」

「今の華北の地域ですね。北京市もここに含まれます」

どうして、遠藤君とそんな場所が関係するのか、と問い返そうとして、「北支」の右隣に「ルソン島」、左隣には「ボルネオ」という記載が目に入った。ルソン島はフィリピン、ボルネオはインドネシアやマレーシアなどと分け合っている島だったか。

「これは、何の名簿ですか？　遠藤君とどういう関係があるのか全然わかりま――」

俺が言葉を終える前に、シャオさんが指を伸ばしてタブレットに触れた。そのまま画面をスライドさせ、リストの先頭までページの位置をスクロールさせた。

「一九四三（昭和一八）年一〇月入学」

という文字列が画面の真ん中に現れた。

一九四三年入学？　その横には、名簿の各項目の説明が記されている。「氏名」「学部・学科」「卒業年月」と来て、次の段で俺の視線は停止した。

「戦没年月日」

さらにその下の段には「戦没場所」とある。

気づいたときには、自分の指で画面を勝手にスライドさせていた。名簿に記された日付は、ほとんどが一九四四年、一九四五年――言うまでもなく終戦の年だ。わずかに一九四六年もあった。場所に関しては硫黄島、ビルマ、トラック島、スマトラ島、沖縄、シベリア、フィリピン、ニューギニア、ソ満国境、広島――、地名の他に「不明」という記載も多い。

もう一度、「遠藤三四二」まで戻した。

彼にまつわる、一行で完結する情報を何度も読み返した。

一九四三年に入学した法学部生が、わずか半年後に北支で死んだ、という事実がそこに記述されていた。

「な、何ですか……、これ」

のどは完全に渇いているのに、ひどく肌寒い。

「これは第二次世界大戦中に、私たちの大学で軍の召集を受け、戦死した学生たちのデータです」

「まさか、遠藤君が本当は死んでいる、って言いたいんですか？　彼が中国に行って戦死したって――」

口にしたあとでハッとした。シャオさんにとって、この名簿の「遠藤三四二」は、自分たちの国を攻めてきた人間ということになる。俺がこの画面内に並ぶ学生たちに対して無条件で抱く感情を、彼女が共有しなくてはならない謂れは、どこにもない。

思わず無言になって彼女の表情を確かめたが、店に入ったときから変わらない硬い気配を保ったまま、彼女はコーヒーカップを手にするも、口をつけることなく、その内側をじっとのぞきこんでいた。

その胸の内を推し量れず、俺が言葉を接ぐ先を見失っていると、

「遠藤君だけじゃありません。三人とも、そうじゃないかと、私は考えます」

はじめて、シャオさんは自分の結論を口にした。

思わず息を呑んで、前髪の分け目からのぞく、異様なくらいに力をもって光る、彼女の眼を見つめた。三人とは言うまでもなく、遠藤君に、えーちゃんと、山下君を加えた人数だろう。

「そうじゃないか、って……どういう意味ですか？」

表現が曖昧で、発言の意図がよくわかりません、とシャオさんの言葉をそのまま返そうとする前に、

「朽木君は、どう思いますか？」

と有無を言わさぬ静かな圧力とともに、質問の刃が向けられた。

その切っ先から逃れるように、木目が波打つ、年季の入ったテーブルの表面に視線を移した。遠藤君、えーちゃん、山下君の顔を順に思い返してみる。想像することは自由でも、いざ、しらふになると、考えることなんて何もないのだった。なぜなら、俺は彼らと野球をした。その実感がすべてだろうからだ。

「俺は……、違うと思います」

輪郭を描く木目の中央で、焦げ跡のような真っ黒な目がじっと俺を睨みつけていた。

「単に同じ名前というだけで、シャオさんが考えているようなことは起こっていないし、そもそも、ありえないです」

どうして当たり前のことを言うだけなのに、こんなに胸のあたりが息苦しいのかと思いつつ、言葉を続けた。

「明日、確かめたらいいと思います。きっと、そんなことを真面目に考えていた自分がおかしくなるはず――」

「たぶん、もう三人は来ないと思います」

「え?」

どうしてですか? と甲高い声を発すると同時に顔を上げた。

「私には妹がいます。私と妹は十四歳、年が離れています。これは私が高校三年生のときの話です。私の妹はトトロが好きでした。『となりのトトロ』のトトロです。知ってますよね？」

またもや大きく話の方向を変えてきた彼女に対し、黙ってうなずくしかなかった。

「あるとき、妹が私の部屋に来て言いました。寝室に大きなトトロが寝ているから見にこい、と。私ははじめ、妹が冗談で言っている、と思いました。でも、妹は想像力が豊かなタイプではなく、普段そういった空想の話はいっさいしない子どもでした。だから、奇妙に思って何度も確認しました。妹は頑なに――、彼女が当時、父と母といっしょに寝ていた部屋に、本物のトトロがいる、今も布団の上で寝ている、と主張しました。じゃあ、いっしょに見に行こう、と私はイスから立ち上がりました。早く来て、と興奮しながら寝室を目指す妹の背中を見て、『私はトトロには会えない』と思いました。なぜなら、そういった不思議なことは、誰かに言うと消えてしまうからです。胡蝶の夢の如く、その人の前にだけ、不思議な出来事は訪れる。そこへ部外者を招くと、それまでは通っていた道が突然閉じられる。おさない頃から、なぜか私はそれを知っていました。覚えていないけれど、似たような経験をしたのかもしれません。だから、たとえ妹が本当にトトロに会っていたとしても私は見ることはできない。何かが私たちを邪魔するだろう、と思いました」

シャオさんはいったん言葉を区切ると、コーヒーをひと口飲み、うつむくとすぐに下りてきてしまう前髪を指で横に流した。

「トトロは――、いたのですか？」

彼女は静かに首を横に振った。

「私の家は、廊下を曲がったところに、机が置いてありました。その机の角に、まだ小さかった妹は思いきり頭をぶつけ、大きなたんこぶができました。少し血が出たかもしれません。その机は、妹が生まれる前から置いてありました。それまで、妹がその角に頭をぶつけたことは、一度もありませんでした。何百回とその横を通っていたにもかかわらず、寝室へ一目散に走ったため、注意を怠ったのです。私はひどい音とともに、目の前で妹がひっくり返るのを見て、『こういう道の閉ざされ方だったか』と思いました。妹は大泣きしました。十分以上泣き続け、ようやく泣きやんだので、いっしょに寝室に入りました。もちろん、そこにはトトロはいませんでした」

シャオさんはタブレットのふちに手を添えた。何かボタンを押したのだろう。画面に映し出されていた「遠藤三四二」の文字が音もなく消え、黒の一色に呑みこまれた。

「私は今日、ここで朽木君に伝えました。だから、もう彼らは、私たちの前には現れないと思います。ごめんなさい。でも、誰かに言わずにはいられなかった」

＊

四回目の朝にして、はじめて多聞のモーニングコールなしに起きることができた。本当はもう少し寝たいくらいだったのに、午前五時過ぎには目が覚めていたのだ。

緊張しながら向かった御所Gでは、多聞がひとりバックネットの横に立ち、鼻歌を奏でながら素振りをしていた。

「おう」

バットを掲げるその表情は、実ににこやかである。

さもあらん。三戦三勝でチーム「三福」は、現在たまひで杯首位。宿敵である太田教授のチームを倒したとの報に接した三福教授からは、「よくやった、多聞君」と勝利をねぎらうメールがさっそく届いたという。

卒業への前途が開けてきた精神的充実のおかげか、今日の多聞はやけに顔色がよい。酒が入っているときの、日に焼けた肌が土気色にトーンダウンし、そこへ部分的な赤味が加わる退廃的なコントラストが見当たらないと眺めていたら、俺の視線に気づいたのか、

「酒を抜いたから、身体がよく動く」

と己の頬を軽く叩き、白い歯を見せた。系列の店を含め、夜の職場が昨日から盆休みに入ったおかげで、酒を飲まずに済んだらしい。

「今日もえーちゃんが投げてくれるなら、俺も本気でいかないと。酒が入っていたら、あの球は取れない」

おとといの試合で、えーちゃんが投げた最後の一球を言っているのだろう。素振りの合

間にも、それとなく周囲の様子をうかがう多聞だが、まだ三人組は到着していない。

そこへ、シャオさんが登場した。

来てくれてありがとうございます、助かります、と丁重に頭を下げる多聞に、「おはようございます」といつもどおりの調子で挨拶する彼女と視線を合わせた瞬間、互いに同じ緊張を心の内に飼っていることを、言葉を交わさずとも察することができた。

今日のシャオさんはつばと側面の部分が青いキャップをかぶっていた。

「何の帽子ですか、それ」

俺の質問に、シャオさんはキャップの正面部分を指差した。ロゴマークのようなものの下に「全国高校駅伝」と記されている。

「バイト先の高校生が去年、大会のボランティアで手伝いをしてもらったものです。使い道がないと店に持ってきたら、店のマスターが無理矢理私にかぶせて、そのまま私が持って帰ることになりました。野球のために使う日がくるとは思いませんでした」

よく見ると、ロゴマークは「たすき」をあしらったデザインである。たすきと言えば駅伝だ。どこでバイトしているのかと多聞が訊ねると、三条木屋町にある「べろべろばあ」という居酒屋だと教えてくれた。

「よし、たまひで杯で優勝したあかつきには、そこで祝賀会をしよう」

どこまでもご陽気に多聞が宣言するのを聞いて、俺とシャオさんはふたたび視線をかわした。

あの三人はもう来ないかもしれない――。

シャオさんの予言を、いつの間にか、突っぱねられなくなっている自分がいる。

間もなく、多聞の研究室の後輩二人が眠そうな顔を引っ提げ現れ、続いて隼人さんも自転車でバックネットの真後ろまで乗りつけた。こちらも店が休みに入ったからだろう。いつものスーツ姿とは異なる格好――、Tシャツに短パン、そしてヤンキース・キャップという装いが新鮮である。

二日前の試合と同じく、えーちゃんたち三人組をのぞく六人が集まった。これが今日、多聞が誘うことができたMAXの人数だという。第一戦に来てくれた人たちは？　と訊ねると、みんな京都から出て行ってしまった、お盆だからな、とあきらめ顔で返された。試合が成立するには、えーちゃんら三人の参加が必須ということだ。

一塁側では相手チームのメンバーが、早くもキャッチボールを始めている。バックネットに掲げられたスコアボードには、すでに先攻「香連」、後攻「三福」と書きこまれていた。

「香木店？」

相手チームの読み方が分からず突っ立っていると、多聞が答えを教えてくれた。

「香木店連合の略で『こうれん』だ」

「蘭奢堂（らんじゃどう）という店の社長がチームの代表を務めている。有名なお香屋らしいぞ。聞いたことあるか？」

むさくるしいひとり暮らしの男子大学生にとって、お香ほど無縁なものもない。聞いたこともない、と首を横に振ったら、隼人さんが話に加わってきて、蘭奢堂のお香なら店の女子トイレで焚いている、高級な感じが出るからとても評判がいい、と意外な使い道を披露してくれた。

多聞が爪の調子について訊ねると、ぱっくり割れてしまったから今日もファーストで頼むわ、と隼人さんはテーピングを施した人差し指を見せ、自らピッチャー降板を申し出た。となると、いよいよえーちゃんたちの到着が待たれる。すでに多聞の足元では、防具用バッグの上にグローブが三つ並べられ、いじましいほどに準備は万端だ。後攻ゆえに防具をつけはじめた多聞だが、ひとつの動作を終えるたびに、視線を前後左右に配り、見るからに落ち着きがない。されど、彼らの姿は相変わらず見当たらず、多聞の表情にも徐々に焦りの色が浮かび始めた。

「えーちゃんの連絡先を聞いていないのか？」

「スマホは持っていないって言われた」

時間は午前六時を過ぎている。ついに四戦目にして、人数が足りずに試合不成立ということか。まあ、迎えるべくして迎えた結果と言えるだろう。こんな行き当たりばったりのチーム運営で、三連勝できただけでも大満足とすべきなのだ。片や万全の準備で挑んできたライバル教授のチームを打ち破ったことだし、ボスもお前のがんばりを認めてくれるはず――。

試合続行不可能のボクサーの足元に、タオルを投げこむセコンドの気分で、防具をつけた彼の肩に手を置こうとしたとき、

「おー、えーちゃん！」

といきなり腕を持ち上げたものだから、俺の手は虚しく空を切った。

え？　多聞の視線を追って首を回したら、いつもの如く、松の木の下に並ぶベンチに、三台の自転車がのんびりと到着するところだった。

「遅れて、すんません」

ベンチ横に自転車を停め、はにかんだような笑顔で、小走りで向かってくるえーちゃん。その後ろには遠藤君、山下君が当たり前のように続いている。

思わず、シャオさんと顔を見合わせた。

「アイヤー」

わずかに開いた口の間から、かすれた声が漏れ出た。

三人にグローブが手渡され、すぐさま十分間のキャッチボールが始まった。遠藤君はそのままえーちゃんとペアを組んだので、俺は山下君を誘って投げ合うことにした。まだほ

とんど話したことがない山下君からえーちゃんの情報を聞き出し、彼らにかけられたとんでもない疑いを晴らそうという目算もあった。

とはいえ、キャッチボールはある程度、互いの間隔を空けるため、山下君に届く声はまわりにも筒抜けである。あからさまにえーちゃんの身辺調査は行えない。そこでボールが行き来するついでに、山下君の日常について探ることにした。

遠藤君が教えてくれたとおり、山下君は彼の中学校の後輩にあたり、まだ十九歳なのだという。遠藤君とは小学校から中学校まで、いっしょに野球をした仲だと教えてくれた。実は山下君、とんでもない男前である。おそらく髪を伸ばしたら、華奢な体格に、色白の肌質もあいまってアイドル顔負けの美男子ぶりを見せそうと思われるが、当人は高校の野球部のような短髪だ。ひとり暮らしをしているのかと訊ねると、実家から工場に通っている、と教えてくれた。大学には通っていないらしい。

山下君とたわいもないやり取りをしている間も、のんびりとキャッチボール中のえーちゃんと遠藤君の姿を、視界の隅でチェックすることは忘れない。えーちゃんはいつもの白いTシャツに、淡いグリーンのズボンという組み合わせだ。工場での作業服なのか、山下君と遠藤君も同じ格好で、足元も揃いの作業用らしき黒っぽいシューズを履いている。おとといの試合では、最後の一球だけオーバースローで投げ、それ以外はサイドスロー気味の投球フォームだったえーちゃんだが、今日もサイドスロー気味の投げ方でスタートの模様だ。

それは沢村栄治の投げ方でもあった。

シャオさんに見せられた二十歳前後の写真の姿とは異なり、キャリア後半の沢村栄治はサイドスロー投手だった。大リーガーをキリキリ舞いさせた速球派という全盛期のイメージが強いが、彼がプロ野球選手としてそのスタイルを保持できたのは、わずか二年ほど。一度目の召集によるブランクを経たのちは、サイドスローに転向した。

昨日、シャオさんと別れて下宿に戻ってから、時間が許す限り、俺は沢村栄治について調べた。果たして、えーちゃんとの類似点を見つけようとしているのか、それとも、異なる点を探そうとしているのか、自分でもよくわからぬまま、あらゆる資料にあたった。

えーちゃんと沢村栄治との共通点は、サイドスローであること。右投げ左打ちであること。かなりこってりとしたイントネーションの関西弁をしゃべること。工場で働いていること（巨人軍を解雇されたのち、三度目の召集で伏見連隊に入るまで、沢村栄治は飛行機工場で働いていた）。身長がほぼ一致していること。何よりも、似ているを通り越し、顔のつくりが完全に沢村栄治その人であること。

異なる点は、沢村栄治は今に生きていないこと。

「あなたは沢村栄治さんですか？」

今すぐ山下君とのキャッチボールを中断し、えーちゃんのもとへ向かい、単刀直入に訊けばいいのかもしれない。

もちろん、俺にそんな度胸はなかった。山下君相手に、下の名前は何というのか、好きなアイドルはいるのか、などどうでもいい質問をしていたら、肩慣らしの十分間はあっという間に終わってしまった。

キャッチボールののち、チーム「三福」は円陣を組んだ。隼人さんの爪の怪我が回復しないので、今日もピッチャーをお願いします、と多聞がえーちゃんにオファーしたが、あっさりと断られてしまった。えーちゃん曰く、おとといのリリーフ登板で、もともと痛めていた肩をさらに痛めてしまった——。右肩にグローブをあて、「すんません」とえーちゃんは申し訳なさそうに頭を下げた。嘘をついているようには思えない表情だった。実際に遠藤君とのキャッチボールでは、まったくスピードのない山なりの球を投げていて、そこからうかがえる「沢村栄治感」は皆無だった。

仕方がないので、残りのメンバーがひとり一イニングずつ、順番にピッチャーを務めることになった。もちろん、俺とシャオさんはそこには含まれない。さっそくじゃんけんが行われ、山下君が最後まで負け続け、先発投手を任されることになった。

チーム「三福」は後攻ゆえ、いきなりピッチャーの出番である。見るからに緊張の顔で多聞からボールを渡された山下君の背中を、

「リラックスしていこう」

と軽く叩いてから、俺はポジションであるセンターへ向かった。二塁ベースを超えたあたりで、何も考えずに、山下君の身体に直接触れたことに気がついた。さんざん、ボールを投げ合っておいて何を言っているのだろうと自分でも思うが、Tシャツ越しに返ってきたのは、どこまでも健全で、どこまでも確かな人の背中の感触だった。

＊

シャオさんが京都から消えた。

本当なら、いつものように遅めのランチをごちそうする約束が、早朝にLINEが来て、

「北京から彼氏が急に京都に来たので、これから和歌山の白浜にパンダを見に行く。明日の試合も出られない。多聞君には連絡しておいた」

と告げてきた。

仮説と検証。

香木店連合チームとの第四戦を通じ、彼女が何を感じ、どのような結論を新たに導いたのか。昨日は試合中、ほとんど彼女と言葉を交わす機会がなかった。試合後は青い駅伝キャップを目深にかぶり、いつものようにさっさと帰ってしまったので、今日はたっぷり話を聞けるものだと期待していたら、まさかの彼氏とのお盆デートと来た。しかも、わざわ

ざ中国から会いにきた相手と、なぜに中国から運ばれたパンダとその一族を見に行くのか。

午後三時、もはや四十度に近いのではないかという狂気を帯びた暑さに揉まれながら、下宿を出発した。そのまま、文系学部の人間は滅多に足を踏み入れない、理系学部の校舎が並ぶ北部キャンパスに自転車で乗り入れた。

自転車を停め、農学部グラウンド――、通称「農G」のゲートを開けて中に入った。

さすがに健康を深刻に害しかねないこの暑さの中で、運動に励む若者の姿は見当たらない。トラック内側の人工芝を囲むネットに沿って立つオーロラビジョンが日陰を作ってくれていたので、飛びこむようにそこへ入った。

途中の自動販売機で買った麦茶のペットボトルを開け、息が続く限り、のどへと流しこんだ。首にかけていたタオルで顔の汗を拭く。灼熱攻めにも負けず、しゃあしゃあと四方からやけくそのように輪唱を続ける蟬の声を聞きながら、無人のグラウンドを眺めた。

光にあふれる目の前の光景をどれほど注意深く観察しても、そこから「遠藤三四二」の気配を感じ取ることはできなかった。

一九四三年の十一月二十日、この場所で「出陣学徒壮行式」が執り行われた。

学徒出陣と言えば、明治神宮外苑で行われた壮行式が有名だが、東京に遅れること一カ月、京都でも行われていたのだ。

現在の国立競技場が立つ場所で大々的に開催された、東京での壮行式に参加した出陣学徒は二万五千人。それに対し、農Gで行われた、大学単独開催の式に参加した学生は千八百人だった。

シャオさんが見せてくれた資料にあった「遠藤三四二」君も、おそらく出陣する学生のひとりとして、このグラウンドを行進したのだろう。

入学してわずか一カ月後には、学生から軍人に。それから五カ月後には戦死して、この世から消えてしまう。

そんな生き方を強いられた若者が、目の前の地面を歩いていたという事実を、うまく咀嚼することができなかった。その代わり、御所Gでの白いシャツに淡いグリーンのズボンをはいた遠藤君が行進している絵なら、たやすく脳裏に浮かんだ。

昨日、遠藤君とは結局、一度も言葉を交わすことができなかった。正確には、あまりに悄気(しょげ)返っていたために、声をかけることすら憚(はばか)られたと言うべきか。

香木店連合チームとのたまひで杯第四戦。勝利すれば十中八九、優勝を手に入れることができる大事な試合で、何たることか、チーム「三福」は四回コールド負けというさんざんな敗北を喫してしまった。

ひとり一回という約束の投手陣は、緊張のためコントロールが定まらず、四球を出してはヒットを打たれるという悪いパターンで毎回コンスタントに相手の得点を許した。四人目のピッチャーとしてマウンドに立った遠藤君は、なまじコントロールがいいことがあだとなり、狙い球を定めた相手の集中砲火を浴びてしまった。

三回までに相手に六点を奪われた一方、こちらは拙攻がたたりゼロ行進。そこへダメ押しの五点を加えられ、コールド負けの危機が迫る四回裏の攻撃は、俺、シャオさん、遠藤君という三人であっという間に終了し、第一戦での勝ち方をそのまま相手にやられた格好で、あえなくゲームセットが告げられた。

ピッチャーでとどめの五失点、さらに最後のバッターという不運まで重なり、完全に気落ちしてしまった遠藤君に、

「君に法学部に在籍していないかもしれない疑惑、いや、それどころか約八十年前に学徒出陣の末、戦死している疑惑が浮上しているんだけれど、少しお時間いいかな。あ、そう言っているのは、そこのシャオさんだけど」

なんて話しかけることはできなかった。

俺自身もくやしさをくすぶらせていた。たまひで杯が始まる前には想像もできなかったことだが、コールド負けに対し屈辱を感じたのはもちろん、またもやノーヒットで終わった自分の不甲斐なさが腹立たしく、すぐには頭を切り替えられなかったのだ。

「ドンマイ、ドンマイ！　次の試合に勝ったら、優勝の可能性はまだじゅうぶんあるから」

多聞の励ましの声を背に受けつつ、遠藤君はとぼとぼと自転車に向かい、えーちゃん、

山下君とともに帰っていった。

「こういう試合もあるって」

ああ、腹が減った、どっかメシ食いに行こうぜ、と早くも切り替えて誘ってくる多聞に、三人の誰かから連絡先は聞いたのか、と訊ねると、三人ともスマホは持っていないってさ、今どきそんなことあるんだな、遠藤君とか大学からの通知は何で見てるんだろう、いちいちパソコンで？　とそのアナログぶりを笑っていた。

緑のグラウンドを囲むフェンスのネットに指をかけ、ペットボトルの麦茶を最後まで飲み干した。陽の光を浴びて、今にも蒸発しそうなくらいに白く輝く人工芝に目を細めながら、シャオさんはこんな暑いのに今ごろパンダを見ているのだろうかと思った。

前回の「セカンドハウス」にて、俺は彼女に「なぜ、遠藤君の名前を学徒出陣のデータの中から見つけ出せたのか？」という疑問をぶつけた。

シャオさんは空になったコーヒーカップの底を見つめ、しばらく考えこんでいたが、「わかりません」と首を横に振った。

その後、そう回答するに至った過程を解説してくれた。

「仮説と検証です」

まず、御所Ｇにえーちゃんが現れた。次に、えーちゃんが遠藤君と山下君を連れてきた。

もしも、えーちゃんが、本来そこにいるはずのない人間であったのなら、彼とともに現れた二人もまた同様である、という仮説を組むことが可能ではないか？

そこでシャオさんは、「同じ大学の法学部に通う二十一歳」という本人発の情報をもとに、遠藤君の「現在」から潰すことにした。

すなわち、遠藤君が今も法学部に在籍しているかどうかをチェックした。彼が実際は二十一歳ではない可能性もあるが、それでも六回生の妖怪じみた雰囲気はないし、院生にしては顔つきが若すぎると見て、在学しているのなら入学して四年以内の学部生と目星をつけた。個人情報の管理がやかましく叫ばれる昨今であるが、留学の手続きの際に仲良くなった学生課の職員に頼みこみ、「遠藤三四二」という名前の学生がいるかどうかを内緒で調べてもらった。結果、法学部だけではなく、全学部において「遠藤三四二」という名前の学生は存在しない、というオフレコの証言を得た。

「現在」のチェックを終えた彼女は、次に「過去」を潰す作業に入った。大学のデータベースから、学徒出陣に関する資料にあたり、そこに「遠藤三四二」という名前を見つけ出した――。

店で彼女から見せてもらったデータにあった、

「一九四三（昭和一八）年一〇月入学」

の記述。十月入学なんてあるのかとそのときは思ったが、俺も沢村栄治とともに学徒出陣について調べてみた。十月入学は一九四三年の前後だけ存在した、変則的な入学月だった。当時、戦局の悪化に伴い、少しでも多くの新兵が欲しい政府は法律を変更し、それまで制限がかかっていた大学生からの徴兵を可能にした。さらには九月に学生を卒業させることを法律で定めた。徴兵検査を一日でも早く受けさせるためである。

かくして、九月に執り行われた卒業式に合わせ、新入生の入学式は十月となった。

「なぜ、遠藤君の名前を学徒出陣のデータの中から見つけ出せたのか？」

先の俺の質問に対するシャオさんの「わかりません」は、過去に遠藤君の痕跡を求めたとき、いきなり学徒出陣のデータをチェックしようと考えた――、その判断理由が彼女自身もわからない、という意味だった。

「でも、そんな気がしたんです」

もしも今日、彼女と三度目の遅いランチに行けたなら、どんな話が聞けただろう。予想に反し、あっさりと現れた昨日の三人を目の当たりにして、彼女が自説にいかなる修正と変更を加えたのか、それを聞きたかった。

しかし、烈女シャオもついに京都から去った。

日陰から踏み出して、トラックに身体をさらすなり、待ち構えていた日光が、息絶えよとばかりに俺の身体を直射した。ひさしぶりに、八月の敗者なる言葉を思い返しながら、ゲートに戻ろうとトラックを歩いた。

一九四三年十月に入学した「遠藤三四二」君。

大学生になるなり徴兵検査を受け、わずか二カ月に満たない学生生活に別れを告げ、はるか北支の戦場へ送られた。それきり、二度と京都に帰ってくることはなかった。

今日、シャオさんと会うことができたなら、訊きたいことがあった。

「なぜなのか？」

もしも、えーちゃんや遠藤君が、シャオさんの言うとおりの存在だとしたら、どうして彼らは早朝の御所Gに現れたのか？

周囲の蟬が急に鳴くことを止め、無人のトラックを踏むスニーカーのすれた音だけが、やけに目立って聞こえた。

これまで体育の授業で何度も訪れたことのある場所が、出陣学徒壮行式の会場だったなんて、もちろん知らなかった。「雨の神宮外苑」というフレーズがよく使われる東京での壮行式とは異なり、八十年前の式当日は快晴だったという。十一月のそれとは質がまったく異なるだろうが、同じ快晴の下、現場へ足を運んでみたら何か感じることもあるかもしれない――、そう思ったことが、グラウンドを訪れた理由だった。

早くも軽い熱中症にかかり始めているのだろうか、あまりに強烈な日差しの圧を肌が感じ取れなくなっている、と空を見上げたとき、

「ああ、そうか」

とても簡単な、彼らが現れた答えにたどり着いた。

「みんな、野球がやりたかったんだ」

首のタオルを頭に巻こうと持っていく途中、不意にグラウンドを囲むフェンスのネット越しに、低い位置なれど、なだらかな稜線を描いて構える大文字山（だいもんじやま）を発見した。

青い空に白い雲が淡く浮かぶ下、山肌にへばりつくように広がる「大」の字を見て、明日は送り火じゃないか、いや、その前に今日は終戦の日だったと今ごろになって気がついた。

＊

あれほど昼間は晴れ渡っていた天気が、日が暮れる前から急に雲行きがあやしくなり、夜中には窓を叩く音がうるさいくらいの強雨となった。

午前五時半の時点でもまだ雨はやまず、多聞からたまひで杯最終戦は明日に延期するとの知らせが入った。

そのまま二度寝して昼前に起きたら、すでに雨はやみ、結構なスピードで流れる雲の合間に、青い空が見え隠れしていた。

そこへ見計らったかのように多聞からＬＩＮＥが届いた。

「今夜暇なら、送り火を見よう」

もちろん、暇である。

「五山の送り火」の名のとおり、京都盆地をぐるりと囲む山々に五種類の送り火が点火される。しかし、建物が邪魔して、それらを同時に目撃することはきわめて難しい。実際にはどれかひとつに的を絞り、じっくりと眺めるという鑑賞法が一般的だ。なかでも大文字山の「大」はいちばんの人気ゆえ、例年、賀茂大橋や鴨川デルタのあたりには大勢が押し寄せる。

どこで見る？　人が多いところは勘弁と返すと、いい場所がある、と言ってきた。

「遠すぎないか？」

多聞が指定した場所への率直な感想を伝えたが、俺の下宿は西陣(にしじん)だからそこまで遠くない、と噛み合わない理由で押し通された。

午後七時、俺は下宿を出発し、北大路通を一路西へ、大徳寺が見えたところで左折、しばらく進んだところに見える鳥居の前で自転車を降りた。先に到着していた水色のアロハシャツに短パン姿の多聞が「おう」と手を挙げる。

大きな鳥居の横の石には「建勲(けんくん)神社」と刻まれていた。

よっこらせ、と鳥居を潜った先から始まる石段を上り続けると、急に視界が開けた。低い建物が肩を寄せ合う街並みを「おお」と眺めていたら、「ほれ」と多聞が指差した。町を取り囲むように山の稜線がだらだらと連なり、山並みが一カ所盛り上がったところに、お目当ての大文字山がこんもりとそびえていた。薄曇りの空を背に「大」の字もくっきりとうかがえる。

「よく、こんな場所を知ってたな」

いかにも穴場の風情漂う場所であることに驚いていると、

「店のお客さんに教えてもらった」

と多聞が納得の理由を教えてくれた。

すでに境内には、ちらほらと人影が見える。送り火の点火は午後八時。まだ時間があるので、境内をぐるりと回ってから戻ると見物客が一気に増えていた。そろそろ場所を取るかと石段に腰かけ、ひと息ついた。

「そうだ、忘れないうちに――。昨日、シャオさんと会えなかったから、使わなかった」

預かっていたランチ代の二千円を返そうとしたら、「持っていいてくれ」と押し戻された。

「何だ、くれるのか」

「お前を誘ったあとで、シャオさんから連絡をもらったんだ。用事があって京都から離れていたけど、今夜のうちに戻るから、明日の試合は参加できるそうだ。それは最後のお礼のごちそうに使ってくれ」

「シャオさん――、ずいぶん早く帰ってくるんだな」

言ったあとで、そりゃ、彼氏も送り火を見たいという話になるか、とも思い、「わかった」と財布に二千円を戻した。

「もしも、予定どおり今朝、試合があったなら、シャオさんが来ないウチのチームは、人数が揃わなくて負け扱いだった。雨のおかげで明日は試合ができる。何だか、不思議だよ」

盆地ごと静かに暗闇に沈んでいく町を正面に見つめ、多聞がしみじみとした調子でつぶやいた。

「いつも、なぜか揃ってしまうらしい」

「何だ、『らしい』って」

「前に言っただろ。たまひで杯が始まる前に、ウチの教授に、お盆の最中に九人も揃わないと言ったら、何とかなると笑われたって。ウチの研究室は真面目な連中が多いからな。それを聞いて、何とかなりません、嫌です、試合があるかどうかわからないのに朝の六時に御所まで行くなんて！　って言い返した奴がいてだな」

「完全に正論だ」

「すると、教授が言ったんだよ。心配するな、いつも、なぜか揃う。これまでもずっとそうだったから、心配せずに御所に行けばいい――、って。無茶苦茶なアドバイスだとそのときは思ったが、結局、教授の言うとおりになった。お前が偶然、シャオさんに会って、シャオさんがいきなりえーちゃんを誘って、そこから遠藤君と山下君を連れてきてくれた」

多聞の言葉に、途中からあいづちを打つことができなくなっていた。多聞の短パンからのぞく日に焼けた膝小僧を眺めながら、会ったことのない彼の研究室のボスに対し、ひとつの疑念がじわじわと湧き上がってくるのを抑えることができなかった。

「これまでもずっとそうだった」

ひょっとして、教授はアドバイスではなく、事実を述べたのではないか？　彼は以前から知っていたのではないか？　人数が足りなくても、どこからともなく必ず助っ人が御所Gに現れることを――。

多聞には、シャオさんから吹きこまれた、えーちゃんたちにまつわる話をまだ何も伝えていない。たとえ教えたとしても、一笑に付されるのがオチだろう。昨日も彼女の話を半分真に受けて、灼熱の農Gにひとり立っていたなんて知れたら、大丈夫か？　と本気で心配されそうだ。だが、教授の言葉を反芻するうちに、俺が試合開始前にシャオさんに出会った偶然すら、用意された筋書きのように思えてきた。いや、それを言い出したら、俺が彼女にフラれたことだって、たまひで杯に導かれし者のエピソードのひとつになってしまう。

「ちがう、ちがう」

蒸し暑い空気が夜と混ざり合い、じっとりとまとわりついてくる腕を強くこすった。

「どうした？」

多聞の訝しげな声に、「何でもない」と首を横に振った。

「ウチのチームの山下君」

急に飛び出してきた名前に、「え？」と思わず反応してしまった。

「彼、何歳くらいだろう？」

「山下君なら――、十九歳だ。おとといの試合で、キャッチボールをしたついでに教えてもらった」

何でだ？　と訊ねる俺に、多聞は言うべきか否か躊躇しているような、妙な間合いを挟んだのち、

「教授が変なことを言っていた」

と一段声を低くして、蚊にでも刺されたのか、剝き出しのすねを掻いた。

「変なこと？」

「一度、教授に連れられて祇園の『たまひで』に行った話をしただろ。あのとき、教授がへべれけに酔ってだな。たまひでママに『ここだけの話だが、僕はあなたのお兄さんと野球をやったことがある』とか言い出したんだ。それを聞いたママは笑いながら、自分には確かに母親違いの兄がいたけど、年は二十以上も離れていて、これまで一度も会ったことがない。それに彼と野球なんかできっこない、って言うんだ。なぜなら、兄は十九のときに、兵隊にとられて死んでしまったから――」

その瞬間、身体が勝手にびくりと震え、周囲を押し包む夜が音もなくその深さを増したような気がした。

これまで一度も会ったことがない多聞のボスが、御所Gに立っている後ろ姿が、やけにリアルに脳裏に浮かんだ。今は六十歳を超えていると聞いたが、後頭部の髪質は三十代くらいの若さで、少しよれたスーツを着て、左手にはグローブをはめている。彼の正面で、白いシャツに淡いグリーンの作業ズボン姿の山下君がボールを手に振りかぶる。一球ごとに少しずつ距離を取りながら、二人の間でキャッチボールが始まる――。

「誰が聞いても、野球の話は無理筋だろう。でも、ウチの教授は頑なに、僕はあなたのお兄さんと野球をしたことがある、なぜなら、若いときのあなたと顔がそっくりだったから、と言い張ってだな。そのまま、静かに寝入ってしまった」

抑えた声がときどき周囲のざわめきに紛れて掻き消されそうになるたび、息を止めて、ひと言も聞き逃さぬよう耳に意識を集中させた。背中が痛いくらいにこわばっているのに、上手く力を抜くことができない。

「すみません、と俺が謝ったら、『たまひで』のママが、これまで一度だけ、何十年も前にだけど、三福さんに兄の話をしたことがあった。姫路の実家が空襲で焼けてしまったため、兄の写真が一枚も残っておらず、父親が教えてくれた、野球好きだったという話だけが、兄を伝える唯一の生きた記憶だった――。きっと、三福さんはこの話を忘れないでいてくれたのだろう。教授先生はみんな頭がいいから、変なことばかり覚えていて困る、と完全に酔っぱらいのたわ言と片づけていた。もちろん、俺もそう思った」

多聞は一度言葉を区切ると、ちらりと俺を見た。日に焼けた顔が夜に沈みかけ、目だけが粒のような小さな光を宿して輝いている。

「次の日、研究室で教授に会った。店の前でタクシーに押しこんで家に帰したことも何も覚えていなくて、俺が冗談ぽく、たまひでママに、彼女のお兄さんと野球をした話をして困らせてましたよ、と言ったら、本気で『しまった』という顔をするんだ。その話を僕がしたら彼女は？　何か言ってた？　って顔色を変えて訊いてくるから、完全に酔っぱらいの与太話ということで片づきましたけど、と答えたら、これまた本気で『よかった』という顔をするんだ。俺は思った。このリアクションは何だ？　戦争で死んだ相手と野球だぞ？　信じる信じない以前の話だろ？　まだ酔ってるのかな、このおっさん――？　そんなことを考えていたら、そろそろ会えるかもな、最近は来ていないらしいから、と教授がつぶやいたんだ。会えるって誰にですか、と訊ねたら、お兄さんだよ、って真面目な顔で答える。何だか俺も悪ノリの気分になって、たまひでママのお兄さんにですか？　ちなみに先生はいつもどこで会うんですか？　って質問したら、会うのは僕じゃなくて君だよ。多聞君、君が御所で会うかもしれない――」

多聞がアロハシャツの胸ポケットに収めていたスマホをちらりとのぞいた。あと十分だ、というつぶやきが聞こえた。俺の脇を抜けて、石段を上る人の動きは引きも切らない。振り返って確かめてみたら、いつの間にか、石段の後方までみっしりと人で埋まっていた。

「太田教授のチームに勝ったことを聞いて、ウチの教授からメールが来たことは言ったよな？　あのとき、メールの最後に、今年は彼は来ているか？　って書いてあったんだ。忘れていたつもりはなかった。でも、頭の中でこう……、つながらなかったんだな。えーちゃんが遠藤君と山下君を連れてきたときも、人数が揃ったうれしさで、それどころじゃなかったし。だから、何のことだろって、そのまま放っておいた。それが昨日だよ。試合もないし、やることがなくて、ひさしぶりに部屋の掃除をした。カバンがごちゃごちゃ積まれたあたりをどけたら、見つけたんだ。床に名刺が落ちてるのを。『祇園たまひで』って書いてある。ああ、あのときもらっていたのか、と思って拾って裏返してみたら、そこにママの名前が書いてあった」

山下誠子。

ほとんどささやきのようなボリュームでその名を口にしたのち、

「ママは一度も結婚したことがないらしい」

と個人情報を添えた。

そこから導かれるべき話題はひとつしかなかった。言葉を交わすことなく、多聞は無言でうなずいた。

「俺はすぐに教授にメールした。『今年は彼は来ているか？』の部分を引用して、彼の名前を教えてください――。お盆の真っ最中だ。返事なんか来ないと思っていたら、今日、教授から届いていた。たまひでママのお兄さんの名前が書いてあったよ」

俺は静かに目をつぶった。

点火を待つ、そわそわした気配がそのまま乗り移ったような周囲のざわめきのなかに、多聞の声を聞いた。

「山下誠一」

シャオさんは言っていた。

「えーちゃんと、遠藤君は調べることができましたが、山下君についてはわかりません。えーちゃんと同じ工場で働いているという情報だけで、私が判断できることは何もないです」

いわば最後のピースとでも呼ぶべきものが、まさか多聞によってもたらされるとは、さすがの彼女も予想していなかっただろう。

「すまん。こんなことを話されても、どうしたらいいかわからないよな。山下君を勝手に死人扱いして、失礼極まりないし。だいたい、俺は山下君の下の名前を知らないからな。だから、話すつもりはなかったんだ。でも、つい、何だろうな――」

両の手のひらで顔を拭った。汗ばんだぬめりが手のひらに残るのを感じながら、「多聞」

と呼んだ。

「いいんだ、忘れてくれ」

すねを掻いていた手で、俺の背中をパンと叩いた。

まるでそれを合図にしたかのように、歓声が上がった。完全に夜に溶けこみ、行方不明になっていた大文字山から、小さな赤い点がぽつりぽつりと浮かび上がる。石段に座る見物客がいっせいにスマホを掲げるのを見下ろしながら、

「多聞」

もう一度、名を呼んだ。

点火された光が連なり、「大」をゆっくりと描き始める。はるか遠くの斜面であっても、炎の揺れまで認識できるもので、眺めるうちにそのまま己の身体が湿気に満ちた暗闇に溶けこんでしまいそうな、奇妙な感覚に陥っていく。

気がついたときには、俺は話し始めていた。

途中から、隣で多聞が聞いているのかどうかすら、わからなくなりながら、シャオさんから伝えられたえーちゃんと遠藤君の話を、農Gで八十年前にあった出来事を、さらには山下君からキャッチボールのときに教えてもらった名前を、残さずぶつけた。

「彼の名前は、山下誠一君だ。ボスが言っていた名前と同じだ」

俺の話が終わるまで、多聞は一度も口を挟まなかった。

彼方では、「大」の字が夜空に向かって赤々と雄弁な光を放ち続けている。控えめでありながら、どこか躁の気配を帯びたざわめきから取り残され、まるで多聞と二人、夜の一部になったかのように静かに呼吸した。扇子の面が、闇に舞う白い蛾のように、石段のあちこちでぱたぱたとはためいていた。

シャオさんはすでに京都に帰ってきたのだろうか。帰っているのなら、彼女は今、どこで送り火を見ているのだろう――。

「朽木」

丸めていた背中を起こし、多聞が口を開いた。

最初に放った質問は、「何で、沢村栄治は肩を壊したんだ?」だった。

調べたばかりの沢村栄治についての記憶を掘り起こし、俺は多聞に語って聞かせた。沢村栄治が二十歳で一度目の召集を受けたこと。軍の手榴弾投げ大会で、通常は三十メートル投げたら上等のところを九十メートル以上も投げたこと。おそらく戦場でも何度も投げこみ、肩を消耗したこと。二十三歳で満期除隊し、プロ野球に復帰を果たしたが、二年のブランクは大きく、元の投球はできなくなっていたこと――。

「手榴弾って、重いよな?」

「硬球の三倍の重さがあったらしい。戦場では人は痩せるから、筋肉も落ちて肩に悪いことずくめだっただろうな。復帰しても、前のようには投げられなくて、サイドスローに転向した」

膝小僧の上に置かれた多聞の拳が、いつの間にか強く握られていた。

「最悪だな」

ぼそりと多聞がつぶやいた。

「何だよ、それ。俺も中学のときに膝を怪我したけど、自分のせいで怪我したなら納得できる。でも――」

それきり、黙りこんでしまった。

そう言えば、御所Gでキャッチャーを務める多聞は、いつも左足を伸ばして腰を屈めるか、もしくは中腰の姿勢で球をキャッチしていたことを思い出した。両膝を曲げて腰を落とす、スタンダードなキャッチャーの姿を見た覚えがない。今も右足よりひとつ低い段に左足を置き、膝を伸ばし気味の体勢を取っている。俺と多聞が通った高校は野球部がなかった。それが理由で多聞は野球をやめたと思っていたが、そうではなかったのかもしれない。

気づかれぬよう、そっと隣の顔を確かめたら、怒りを抑えているような、それでいて悲しんでいるような、黒く濡れた瞳が送り火の場所とは異なる虚空を捉えていた。

「今の俺の話、どう思った？」

うむ、と多聞は膝の上に肘をのせると、それを支えに、手のひらにあごを置いた。

「お盆……、だからかな」

「何だ、それ」

「お盆のとき、向こう側の人たちがこっちに帰ってくるんだろ？　そういうことじゃないのか」

「その理屈なら、明日の試合は誰も来ないぞ。今、まさに向こう側に送っている最中なんだから」

　そうか、それは困るな、と多聞はかすれた声で笑った。

「じゃあ、ここが京都だから」

「そんな理由で？」

「まあ、俺はどちらでもいいよ」

「どちらでもいい？　よくないだろ。本当は死んでるかもしれないんだぞ」

「朽木の言うことが真実(ほんとう)でも、とんだ出まかせでも――。明日の御所Gにえーちゃんと、遠藤君と、山下君が来てくれて、試合ができたらそれでいい。みんな、野球がしたいんだろ？　なら、やろうぜ」

　あまりに能天気な割り切り方に、そういうアプローチ方法もあるのか、と妙に感心しながら、俺も蚊に喰われたか、急に痒くなってきた肘のあたりを掻いた。

「そう言えば、今日の試合の延期をどうやって三人に伝えたんだ？　連絡先を知らないいんだろ？」

「天気予報をチェックしていたからな。あやしいことはわかっていた。朝の時点で雨なら翌日に延期だ、って別れ際に山下君に伝えておいた。三人でいっしょに帰ったから、えーちゃんと遠藤君に教えてくれただろ。これで晴れて、明日は俺たちのチームが優勝。俺もめでたく来年、卒業だ」

　この男の楽観具合はまったくもって尊敬に値するな、と暗闇でひそかに笑いながら、

「そうだ――。山下君は、『たまひで』のママに似ているのか？」

　ふと思いついたことを訊ねた。

　多聞のボスによると、お兄さんは若いときのママにそっくりだったらしい。滅多にいないレベルで美形の山下君だ。家系ということかもしれない。

　手のひらにあごをのせたまま、頭の中で突き合わせているのか、多聞は難しい顔で送り火を睨みつけていたが、「わからん」と首を横に振った。

「十九歳の若者と推定七十オーバーのママだぞ。たとえ本人でも、五十年あれば全然違う顔になってるだろうからな。まあ、色が白くて線が細いところは似ているかも……。教授のメールには、もしも彼に会ってもママには内緒に、って書いてあった。酒に酔って勝手にバラしたのはアンタだろ、と思ったが、俺たちが首を突っこむ話じゃないということかな？」

「でも、たまひでママは、まだお兄さんに一度も会ったことがないんだろ?」

「会いたけりゃ、彼のほうから勝手に会いに行くんじゃないか? いや、とっくのむかしに会いに行ってるかも。ママのほうが気づいていないだけで」

はぐらかしているだけなのか、それとも、正面から受け止めた末の彼なりの真摯な見解なのか、つかみどころのない多聞の言葉を聞きながら、三人が明日来るかどうかの話はやめておこうと思った。最後の一試合、俺だってやりたい。なぜなら、あんな朝っぱらから四試合もつき合って、まだ一本のヒットも打てていないからだ。生まれてはじめてバットを握ったはずのシャオさんですら一本打ったのに、とくやしさがぶり返していると、尻のポケットでスマホが小さく震えた。

妙に予感があって引き抜いて確かめてみたら、シャオさんからのLINEが届いていた。

写真が一枚だけ——、山の傾斜に沿って倒れこむように描かれた、闇夜に浮かぶ「法」の字が写っていた。これも五種類ある送り火のひとつだ。どうやら和歌山から帰還し、無事送り火にも間に合ったらしい。

お返しに「大」の字を送ろうかとも思ったが、カメラを構えても小さくしか映らず、早々にあきらめた。その間に、シャオさんから一件、メッセージが送られていた。

「この前の試合で、えーちゃんに名前を聞きました」

スマホに表示された小さな文字が、視界を覆わんばかりの大きさになって映った。

「教えてください」

息を止めたまま、すぐさま返した。

一分ほどして、返信が届いた。

緊張で動きがぎこちない指先で、スマホに触れた。

いきなり、見覚えのある画像が画面に広がった。

しかし、何かが違う。

色だ。

送られてきたのは、「セカンドハウス」にて彼女から突きつけられたタブレットの画像――、そこから色を取り除いた白黒写真だった。撮影当時の現物ということなのか。古ぼけた画像の真ん中で、ひとりの男がはにかんだ笑みを浮かべている。写真の他にシャオさんからの説明は何もなく、それきりスマホはうんともすんとも言ってこない。

「ハッ」

真横から息を放つ音が響き、

「似てるな！」

という多聞のうれしそうな声が聞こえた。

しばらく二人で画面をのぞきこんでから顔を上げると、炎の勢いがピークを過ぎたようで、少しずつ送り火の光点が萎（しぼ）み始めていた。暗闇の向こう側に立ち去るかのように、音

もなく「大」の字が痩せていくのを見送っていたら、

「俺は沢村栄治の球を受けたかもしれないキャッチャーになるのか――」

　多聞は急に上体の姿勢を正すと、左手を胸の前に持っていき、ミットを構える格好をした。

「さあ、どうだろう」

「あの三人、俺たちのようなへっぽこチームでいっしょに野球をやってて楽しいのかな？」

　楽しかったから来るんだろ、と俺が根拠もなく答えると、「そうだよな」と多聞は構えた左手の見えないミットに、右手を拳にしてパチンと収めた。

「少なくとも、俺は楽しい。シャオさんも、たぶん、楽しいはず。朝が早すぎるのは嫌だが」

　スマホを尻のポケットに戻すと、多聞はうむとうなずいて、「俺もだ」と左手をパチンと鳴らした。

「遠藤君って何歳だ？」

「二十一歳と本人が言っていた」

「俺たちの、ひとつ下じゃないか」

　三たび、左手に収めようとした拳の動きが止まった。しばらくその姿勢で固まっていたが、うめくような不明瞭な音をのどから発し、左手のミットに音もなく右の拳で触れた。

「みんな――、生きたかっただろうなあ」

帰り支度を済ませ、石段を離れる人々の姿が目立つようになってきた。夜の底に沈む町あかりの手前を横切る人影が、まるで影法師のように映るのを見下ろしながら、ああ、と声にならぬ声でうなずいた。

「なあ、朽木。俺たち、ちゃんと生きてるか？」

すぐには、答えることができなかった。

送り火を描いた炎の線はいよいよ細く、頼りなく、「大」の字はどこか骨となって散るように点へと割れていく。ときどき思い出したかのように、炎がぽっと大きく膨らむが、やがてちらちらと瞬き、無音のまま静寂の先へ吸いこまれていった。

終わりの時間が近づいていた。

「それが――、俺たちとの約束だろう」

多聞に答えたのか、消えかける「大」の字に向かって返したのか、それともこれから会えるかどうかわからぬ三人へ伝えたかったのか、自分でもわからなかった。

またひとつ、小さく炎が膨らんだ。

「あなたには、火がないから」

もはや別れた彼女のものではない、誰とも知れぬ声が耳の底でささやいた。

咄嗟に右手を突き出し、夜の真ん中あたりでそれをつかみ取った。そのまま、多聞を真似て左手に用意したつもりのグローブに、拳とともに投げこんだ。

パチンと音を立てて手のひらで拳を受け止めたとき、心の中に炎が一個、証（あかし）の代わりに着火したように感じられた。

もしも明日、三人が御所Gに現れたなら――。

シャオさんを誘って、ヒットの打ち方を教えてもらおう。

それから、どうでもいい話をたくさんしよう。

「行こうぜ」

多聞の肩を叩き、石段から尻を持ち上げた。

ううん、と夜空に向かって揃って伸びをしたら、まるで俺たちを見ていたかのように、時間などお構いなしとばかりに蟬がしゃあしゃあと鳴き始めた。

初出誌「オール讀物」
「十二月の都大路上下ル」　二〇二二年五月号
「八月の御所グラウンド」　二〇二三年六月号
（掲載時「八月の御所G」を改題）

万城目 学（まきめ・まなぶ）
一九七六年大阪府生まれ。京都大学法学部卒業。二〇〇六年にボイルドエッグズ新人賞を受賞した『鴨川ホルモー』でデビュー。同作の他、『鹿男あをによし』『偉大なる、しゅららぼん』『プリンセス・トヨトミ』が次々と映像化されるなど、大きな話題に。その他の小説作品に『かのこちゃんとマドレーヌ夫人』『とっぴんぱらりの風太郎』『悟浄出立』『バベル九朔』『パーマネント神喜劇』『ヒトコブラクダ層ぜっと』『あの子とQ』等、エッセイ作品に『べらぼうくん』『万感のおもい』等がある。

八月の御所グラウンド

二〇二三年八月　十　日　第一刷発行
二〇二四年一月二十五日　第二刷発行

著者　万城目　学
発行者　花田朋子
発行所　株式会社　文藝春秋
〒一〇二―八〇〇八
東京都千代田区紀尾井町三―二三
電話　〇三―三二六五―一二一一
印刷所　TOPPAN
製本所　加藤製本
組版　萩原印刷

ISBN978-4-16-391732-0